tredition®

AF665403

Volker Jochim

Tod im Kreis

Ein Mühlheim Krimi

Kriminalroman

Umschlag, Illustration: tredition,
Volker Jochim (Foto)

Verlag: tredition GmbH, Hamburg

ISBN

Paperback	978-3-7345-5327-1
Hardcover	978-3-7345-2080-8
e-Book	978-3-7345-2081-5

Printed in Germany

1

Henry A. Pieroth hatte alles, von was die meisten seiner Zeitgenossen nur träumen konnten. Er war mit fünfunddreißig Jahren im besten Alter, sah, zumindest aus Sicht der Damenwelt, sehr gut aus, obwohl er nicht mehr gerade die sportlichste Figur besaß, hatte sein Abitur mit Auszeichnung bestanden, seine Promotion in forensischer Psychologie mit summa cum laude abgeschlossen und er war sehr reich. Das A in seinem Namen steht für Anton, den Vornamen seines Großvaters väterlicherseits, aber es war bei Todesstrafe verboten ihn mit diesem Namen anzusprechen. Einen Makel gab es dennoch, zumindest in den Augen derer, die ihn besser kannten – er war stinkfaul. Sein Abitur und seinen Studienabschluss verdankte er seiner überdurchschnittlichen Intelligenz und nicht etwa seinem Lerneifer. Was andere sich durch Fleiß hart erarbeiten mussten, sog er, bildlich gesprochen, einfach auf und speicherte es unauslöschlich ab. Seine finanzielle Unabhängigkeit war ebenfalls nicht der Verdienst harter Arbeit, sondern ein geerbtes Vermögen. Als vor zwölf Jahren seine Eltern auf dem Rückweg von einem Geschäftsessen in Mailand mit ihrer Privatmaschine über den

Alpen abstürzten, hinterließen sie ihrem einzigen Sohn nicht nur die Mehrheitsanteile einer international vernetzten Beteiligungsgesellschaft, sondern auch ein mehr als beträchtliches Vermögen. Die nächsten zwei Jahre, bis zum Abschluss seines Studiums, lebte Henry Pieroth zusammen mit fünf Hausangestellten im Anwesen seiner Eltern, einem verstaubten, alten Kasten, wie er es nannte. Nach seiner Promotion verkaufte er das Haus, fand die Angestellten großzügig ab und baute sich im Mühlheimer *Franzosenviertel* ein Haus nach seinen Vorstellungen, in dem es ihm an nichts fehlte. Die Firma übergab er in die Hände eines vertrauenswürdigen Treuhänders und führte fortan das Leben eines Privatiers. Er verbracht seine Zeit mit schlafen, essen und lesen. Was er zum Leben benötigte, ließ er sich anliefern, da er es hasste, das Haus zu verlassen. Am liebsten las er Kriminalromane und Berichte über große, oder ungeklärte Kriminalfälle, die er gewissenhaft aus Zeitungen und dem Internet sammelte und archivierte.

Als es eines Tages an seiner Türe läutete und er missmutig auf den Überwachungsmonitor sah, stand statt eines Lieferanten Frank Sommer, sein bester und auch einziger Freund aus der Abiturklasse, vor Tür. Menschen wie Henry hatten eigentlich keine Freunde, umso erstaunlicher war es, dass diese

Freundschaft nicht nur die gemeinsame Schulzeit überdauerte, sondern bis heute anhielt.

Da sie sich schon eine ganze Weile nicht mehr gesehen hatten, unterhielten sie sich über die alten Zeiten und wie es ihnen in der Zwischenzeit ergangen war. Das hieß, Frank Sommer redete und Henry hörte zu. Reden gehörte eben auch zu den Dingen, die er nicht besonders mochte. Zum Schluss vertraute Frank, der sein Informatikstudium mehr schlecht als recht abgeschlossen hatte, seinem Freund an, dass man ihn vor ein paar Wochen entlassen hatte und er auf Jobsuche sei.

„Und was treibst du so, altes Haus?"

Henry kratzte sich sein unrasiertes Kinn.

„Ich beschäftige mich mit dem perfekten Verbrechen."

„Wie das denn?", fragte Sommer erstaunt. „Arbeitest du für die Polizei?"

„Nein, im Gegenteil, ich beschäftige mich mit deren Unfähigkeit. Ich sammle Berichte über interessante, ungeklärte Fälle und erstelle meine persönlichen Fallstudien. Sehr oft komme ich dann zu einem völlig anderen Lösungsansatz."

„Aha, und sonst?"

„Wie und sonst? Das ist anstrengend genug. So ein Fall entzieht mir die ganze Energie. Danach muss ich mich ausruhen."

„Aber du spielst das Ganze doch nur hypothetisch durch", warf Sommer ein.

„Es gibt Menschen, die arbeiten mit ihren Händen. Wenn die nach Hause kommen, sind sie erledigt. Ich arbeite mit meinem Kopf und das strengt genauso an, nur eben anders."

Frank Sommer sah seinen Freund einen Moment lang verständnislos an, aber eigentlich war er ja schon immer so. Plötzlich hatte er eine Idee.

„Wie wäre es, wenn du daraus einen Beruf machen würdest?"

Henry sah aus, als hätte ihn der Blitz getroffen. Er hatte das Gefühl, dass die Unterhaltung eine unangenehme Wendung nahm. Alleine das Wort *Beruf* ließ ihn erschaudern. Das klang nach Arbeit und das war nicht sein Ding.

„Einen Beruf? Ich habe mit mir und den Fällen genug zu tun. Ich bin völlig ausgelastet. Was für einen Beruf meinst du überhaupt?"

„Na, Privatdetektiv. Du könntest eine Detektei aufmachen. Dann hätten deine Anstrengungen auch einen Sinn."

Henry ließ das Gehörte einen Moment sacken. Ein privater Ermittler – dann könnte er seine Obsession offen ausleben. Gerade wollte er sich schon mit dem

Gedanken anfreunden, als ihm etwas anderes durch den Kopf ging.

„Wenn das bekannt würde, kämen die Leute und wollen von mir, dass ich ihre entlaufenen Köter suche, oder ihre Ehefrauen im Bett ihres Nachbarn fotografiere. Nein danke! Auf dieses Niveau lasse ich mich nicht herab."

„Musst du ja auch nicht. Du bist finanziell unabhängig und kannst dir die Fälle aussuchen, die du bearbeiten willst. Am besten stellst du dir eine Sekretärin ein, die dir die unliebsame Kundschaft fern hält."

„Gott bewahre! Eine fremde Person in meinem Haus. Niemals!"

„Dein Büro muss ja nicht hier im Haus sein. Du mietest dir ein schickes Büro…"

Weiter kam er nicht.

„Kommt überhaupt nicht infrage! Ich werde meine vier Wände nicht verlassen!"

Henry A. Pieroth lehnte sich zurück und starrte eine Weile an die Decke. Dann beugte er sich nach vorne und grinste seinen Freund an.

„Ich mache es, aber nur unter folgenden Bedingungen: Das Büro ist in diesem Haus, du wirst mein Assistent und du ziehst hier ein."

„Ich…?", fragte Sommer perplex.

„Ja, du. Du suchst doch eh einen neuen Job. Hier hast du einen. Was sagst du?“

„Ich weiß nicht…“

„Ich zahle dir das Doppelte von dem, was du in deiner blöden Firma verdient hast. Das Haus ist außerdem groß genug. Du bekommst deine eigene Wohnung.“

Da konnte Frank Sommer nicht mehr ablehnen.

***

Ein paar Tage später war eine ganze Armada von Handwerkern dabei das Souterrain in eine separate Wohnung umzufunktionieren, in der es an nichts fehlte, und zwei der großen Räume im Erdgeschoss in Büros zu verwandeln. Zuletzt hielt der Lieferwagen eines bekannten Antiquitätenhändlers vor der Tür und brachte einen riesigen Schreibtisch aus edlem Holz und einen monströsen, aber sehr bequemen Ledersessel. Auf die Frage seines Freundes, was er denn mit diesem alten Schreibtisch in seinem modernen Büro wolle, entgegnete Henry, dass Humphrey Bogart in einem dieser amerikanischen Detektivfilme auch solch einen Schreibtisch gehabt habe. Daher war er der Meinung, dass ein Detektiv so etwas braucht. Nur der passende Stuhl dazu wäre ihm zu unbequem gewesen, deshalb hätte er sich diesen Sessel gekauft.

Frank hatte seinen Freund überredet mit nach draußen zu kommen. Nur bis zur Einfahrt des Grundstücks. Hier wischte er mit dem Ärmel des Sakkos über die große, glänzende Messingtafel, die neben dem Briefkasten und der Gegensprechanlage mit der Kamera angebracht war.

Henry A. Pieroth
Private Ermittlungen
Termin nur nach Vereinbarung

stand in großen Lettern darauf zu lesen, während, fast wie in einem kitschigen Film, die untergehende Sonne ihre letzten Strahlen über die leicht gekräuselte Wasserfläche des Mains schickte.

2

Fast einen Monat gab es nun schon die Detektei Pieroth, ohne dass sie bislang einen einzigen Auftrag angenommen, oder gar erledigt hätte. Frank Sommer war mittlerweile nicht nur Assistent, sondern auch Sekretär und Laufbursche für Henry Pieroth. Ein richtiges Faktotum. Ihm selbst machte das nichts aus, so war er beschäftigt und bezahlt wurde es ja auch noch über alle Maßen gut. Seinen Arbeitgeber sah er nur höchst selten.

Es war ja nicht so, dass es keine Anfragen gegeben hätte, doch Sommer hatte sie bislang alle abgelehnt da er wusste, dass Pieroth an diese Art von Aufträgen auch nicht eine Sekunde seiner Zeit verschwendet hätte. Doch an diesem Nachmittag sollte sich alles ändern…

***

„Guten Tag…"

Es hatte geläutet und Sommer hatte die Türe geöffnet. Vor ihm stand ein älterer Mann, der etwas eingeschüchtert wirkte.

„…mein Name ist Scholak, Ernst Scholak. Sind Sie Herr Pieroth?"

Sommer beobachtete wie der Mann verlegen seine

karierte Mütze in den Händen drehte.

„Nein, ich bin sein Sekretär. Sommer, Frank Sommer, aber kommen Sie doch bitte erst einmal herein."

Er führte den Mann in sein Büro und bat ihn Platz zu nehmen.

„Was können wir für Sie tun?", fragte er den Mann, der sich Ernst Scholak nannte und mit großen Augen das teure Interieur des Büros betrachtete. Dabei kamen ihm Zweifel, ob dieser Mann überhaupt das Honorar bezahlen konnte, das sein Freund verlangte. Dazu kamen noch horrende Tagesspesen.

„Also, es ist so...", begann der Mann und drehte weiter nervös seine Mütze in den Händen.

Nach den ersten Sätzen unterbrach ihn Sommer. Er hatte das Gefühl, dass dies ein Fall ist, der seinen Freund durchaus interessieren könnte.

„Einen kleinen Moment bitte. Ich bin gleich wieder für Sie da", entschuldigte er sich und ging zu Henrys Büro.

Der hatte die Füße auf der Schreibtischplatte und las Zeitung. Neben ihm stapelten sich dutzende anderer Ausgaben auf dem Boden und auf dem Schreibtisch lagen Bücher und Zeitungsausschnitte in einem wilden Durcheinander.

„Ich glaube, das solltest du dir anhören. Wird dich

bestimmt interessieren.“

„Was ist es denn diesmal?“, fragte er gelangweilt. „Wieder eine verschwundene Ehefrau?“

„Nein. Es geht um einen Mord und die Polizei tappt wohl im Dunkeln.“

Henry Pieroth nahm die Füße vom Tisch, ließ die Zeitung fallen und richtete sich auf.

„Ein interessanter Mord?“

„Das zu beurteilen überlasse ich dir. Ich bringe den Mann gleich rüber. Er heißt Ernst Scholak und wohnt hier in Mühlheim. Nur glaube ich nicht, dass er dein Honorar bezahlen kann.“

„Bring ihn her“, wischte er die letzte Bemerkung seines Freundes beiseite.

***

„Guten Tag Herr Pieroth“, sagte der Mann, als er von Frank Sommer durch die Bürotür geschoben wurde.

„Kommen Sie doch herein und nehmen Sie Platz, Herr Scholak. Möchten Sie etwas trinken? Vielleicht einen Kaffee?“

„Nein, vielen Dank.“

Sommer hatte sich mit seinem Notizblock an einem Tisch in der Ecke niedergelassen.

„Dann erzählen Sie mal“, forderte Pieroth den Mann auf „und legen Sie die Mütze bitte hin, das macht mich nervös."

„Wie unsensibel Henry doch ist", dachte sein Freund bei sich.

„Vor genau drei Wochen", begann Scholak, „vor genau drei Wochen hat man meine Tochter tot aufgefunden. Ermordet, wie mir die Polizei mitteilte. In der Rechtsmedizin durfte ich nur ihr Gesicht von weitem sehen. Sonst hat man mir bisher nichts gesagt. Ich möchte, dass Sie herausfinden, was passiert ist und wer mein Kind getötet hat."

Tränen rannen über die Wangen des Mannes, die er verschämt mit dem Handrücken wegwischte.

„Die Polizei hat Ihnen nichts gesagt?"

„Nein, gar nichts. Das ist es ja. Da ist bestimmt etwas faul. Deshalb möchte ich Sie ja engagieren."

Pieroth lehnte sich zurück, hatte die gefalteten Hände unter sein Kinn geschoben und starrte an die Decke.

Sommer, der alles notiert hatte, dachte zuerst einmal an das Wirtschaftliche.

„Sie kennen unser Honorar? Fünfhundert Euro pro Tag plus zweihundertfünfzig Euro Spesen. Ebenfalls pro Tag. Sollten die Ermittlungen den Radius von fünfzig Kilometern überschreiten, verdoppelt sich der Spesensatz. Auslandsreisen werden separat abgerechnet."

Scholak wurde bleich.

„Das kann ich nicht bezahlen. Soviel habe ich nicht. Ich könnte höchstens mein Häuschen beleihen."

„Nein! Das werden Sie nicht tun."

Pieroth hatte sich wieder seinem möglichen Klienten zugewandt.

„Ich werde mir die Fakten ansehen. Wenn ich dann noch Interesse an dem Fall habe, werde ich ihn übernehmen. Wegen des Honorars machen Sie sich keine Gedanken. Zwei Dinge muss ich noch wissen: Wo wurde Ihre Tochter gefunden und Ihre Adresse."

„Meine Tochter wurde neben der Willy-Brandt-Halle gefunden und wir wohnen in der Trachstraße. Hier ist meine Karte."

„Wir melden uns spätestens in zwei Tagen. Auf Wiedersehen, Herr Scholak."

Pieroth verabschiedete seinen Besuch. Er betrachtete die Visitenkarte. *Ernst Scholak, Handelsvertreter,* der konnte sich sein Honorar bestimmt nicht leisten.

„Frank!", hörte Sommer seinen Freund rufen, als er den Mann zur Tür gebracht hatte, und ging zurück ins Büro.

„Sag mal, was war das denn? Ich meine mit dem Honorar? Du hattest es doch so festgelegt."

„Du hast doch gehört, dass der Mann nichts hat

und ich will nicht, dass er Stuhl und Bett verpfändet um etwas über das Schicksal seiner Tochter zu erfahren. Außerdem reizt mich dieser Fall."

„Du kennst doch noch keine näheren Details."

„Wenn die Polizei nichts sagt, dann haben sie einen Grund. Entweder sie wissen nichts, was mich nicht wundern würde, oder es ist etwas, das die Öffentlichkeit nicht erfahren soll. Das gilt es nun in den nächste achtundvierzig Stunden herauszufinden."

„Und wie?"

„Du findest heraus, wer der ermittelnde Beamte ist. Zuständig dürfte die Polizeidirektion Südosthessen in Offenbach sein. Den fragst du dann nach den genauen Details. Danach sehen wir weiter."

„Und was machst du?"

„Ich suche mir den Zeitungsartikel dazu heraus und denke nach."

***

Eine Stunde später kam Frank Sommer zurück und wirkte genervt und enttäuscht. Pieroth saß immer noch fast unverändert in seinem Sessel.

„Du siehst aus, als hättest du nur Nieten gezogen."

„Das einzige, was ich herausbekommen habe, ist der Leiter der Ermittlungen. Es ist ein Hauptkommissar Günther Schumann. Schumann ohne H. Sonst war absolut nichts in Erfahrung zu bringen. Tut mir leid."

„Dann übernehmen wir den Fall!"

„Wie das? Du wolltest doch erst die Fakten sichten", fragte Sommer irritiert.

„Ich habe genug Fakten beisammen. Ich habe den Zeitungsartikel gelesen. Eine kleine Notiz in der *Offenbach Post*. In Frankfurter Zeitungen gar nichts. Ich habe den Journalisten angerufen und der hat mir das gleiche gesagt wie du eben. Die Bullen mauern und das stinkt, aber mich macht das neugierig."

„Und wie gehen wir nun weiter vor?"

„Du hast doch Informatik studiert, richtig? Du gehst einfach in den Polizeicomputer und besorgst die Fall Akte."

„Was?", fuhr Sommer auf, „Ich soll mich in den Polizeicomputer hacken?"

„Genau. Das geht doch, oder?"

„Sicher geht das, aber..."

„Kein aber, dann mach es. Wenn die keine Informationen herausrücken, müssen wir sie uns eben holen. Hast du alles, was du dazu brauchst?"

„Denke schon, aber das wird dauern. Ich muss ja dabei permanent unsere Spuren im Netz verwischen, damit niemand die Aktion zu uns zurückverfolgen kann. Sonst steht morgen das BKA vor der Tür. Das ist nicht so einfach."

„Dann mach das. Du hast zwei Tage."

***

Am nächsten Morgen kam Pieroth ausgeschlafen und gut gelaunt in die Küche, doch von seinem Freund keine Spur. So musste er sich seinen Kaffee selbst kochen und alleine frühstücken. Die Zeitung lag auch noch nicht auf dem Tisch. Also schlurfte er zum Briefkasten, was er eigentlich schon als unzumutbare Belastung empfand. Als er zurück in die Küche kam, fand er dort einen Frank Sommer mit zerzausten Haaren und völlig übernächtigten Gesichtsausdruck vor.

„Was ist denn mit dir passiert? Du siehst ja schlimm aus. Hast du die Nacht durchgesoffen?"

„Danke für dein Mitgefühl. Im Gegensatz zu dir habe ich nicht geschlafen, sondern die ganze Nacht vor dem Computer verbracht und habe versucht mich in den Polizeicomputer einzuhacken."

„Und? Hattest du Erfolg?", fragte Pieroth ungerührt.

„Die Sicherungen waren besser, als ich es bei einer Behörde erwartet hatte, aber heute früh war ich dann drin."

„Ich wusste es, du bist ein Genie!", jubelte Pieroth. „Was hast du gefunden?"

„Da ich mich ja nicht so lange darin aufhalten konnte und permanent meine Spuren verwischen musste, habe ich einfach alle Dateien von Schumanns Kommissariat kopiert. Die muss ich allerdings noch sichten."

„Super! Dann trink erst einmal in Ruhe einen Kaffee, ruh dich fünf Minuten aus und dann ran an die Arbeit."

„Du bist so gut zu mir", stöhnte Sommer, „und was machst du?"

„Ich werde, entgegen meiner Gepflogenheiten, einen kleinen Spaziergang machen."

„Du verlässt freiwillig das Haus?", fragte Sommer erstaunt.

„Besondere Ereignisse erfordern manchmal besondere Maßnahmen", erwiderte sein Freund, zog sein Jackett über und verschwand.

3

Als Pieroth am frühen Nachmittag zurückkehrte, hatte er einen sehr ernsten Gesichtsausdruck. Er rief nach Sommer, bekam aber keine Antwort. Er fand ihn schlafend in dessen Büro, die Arme unter dem Kopf auf der Schreibtischplatte verschränkt. So wie er aussah, hatte er wohl seit zwei Tagen nicht mehr geschlafen, aber das war Pieroth im Moment völlig egal.

„Frank! Aufwachen!", rief er laut und schüttelte seinen Freund an der Schulter.

Der richtete sich kurz auf, blinzelte ihn an und schlief weiter.

„Los, Frank! Komm schon!"

Pieroth zog Sommer am Kragen zurück in den Sessel.

„Mann, ich will schlafen."

„Du kannst noch genug schlafen, wenn du tot bist. Also komm schon, es gibt Arbeit."

„Menschenschinder!", brummte sein Freund und streckte sich ausgiebig.

„Wie weit bist du mit der Akte gekommen?"

„Liegt alles ausgedruckt auf deinem Schreibtisch. Sieht ziemlich mysteriös aus. Und wo warst du?"

„Ich, mein Lieber, war auch nicht untätig. Zuerst war ich auf unserer hiesigen Polizeistation und habe mit den Beamten gesprochen, die zuerst am Tatort waren. Die haben mir einige interessante Details verraten."

„Wie, die haben einfach so mit dir gesprochen?"

„Ich spende ab und zu mal etwas, da kennt man sich eben. Ganz legal", ergänzte er schnell, als er den Gesichtsausdruck seines Freundes sah. „Danach war ich bei unserem Klienten und habe ihm mitgeteilt, dass wir den Fall übernommen haben. Und nun komm."

Er ging hinüber in sein Büro und Sommer trottete hinter ihm her. Dort machte er sich sofort über die Computerausdrucke her, während es sich Sommer in einem Sessel bequem machte. Nach fast einer Stunde richtete er sich auf und starrte gedankenverloren ins Leere.

„Das wird interessant", murmelte er.

„Lässt du mich eventuell an deinen Erkenntnissen teilhaben?"

„Ich brauche eine große Pinnwand."

„Wie bitte? Was hat das denn mit dem Fall zu tun?"

„Ich brauche alle Informationen vor mir."

„Bei mit im Büro steht ein Whiteboard. Nimm

doch einfach das."

„Zu klein. Ich will die ganze Wand dort haben", dabei zeigte er auf die eine Seitenwand des Büros, an der ein paar Gemälde hingen, „vorher fange ich nicht an."

Dann griff er zum Telefon und rief eine Schreinerei an, die versprach sofort zu kommen, da man das benötigte Material vorrätig habe. Bei einem solventen Kunden wie Pieroth ließen ohnehin alle Firmen fünfe gerade sein.

***

Als am späten Nachmittag die Schreiner das Haus verlassen hatten, waren die Gemälde durch sechzehn Quadratmeter Korkplatten ersetzt, die mit Edelholzleisten eingerahmt waren. Zufrieden betrachtete Henry Pieroth das Werk und begann umgehend alles, was er an Unterlagen vorliegen hatte, an seiner neuen Pinnwand zu befestigen. Anschließend rief er nach Sommer, der von Neugier getrieben auch sofort erschien.

„Fassen wir zusammen. Gestern, vor genau drei Wochen, wurde die Leiche einer jungen Frau neben der Willy-Brandt-Halle gefunden. Dabei handelt es sich um die neunzehnjährige Maria Scholak. Sie hatte vor kurzem ihr Abitur mit eins bestanden und wollte jetzt mit einem Theologiestudium beginnen. Sie war bereits an der Uni in Frankfurt für das Erstsemester eingeschrieben. Sie rauchte nicht, trank keinen Alkohol und nahm keine Drogen. Missbraucht wurde sie laut Rechtsmedizin auch nicht. Die üblichen Motive können wir daher ausschließen. Kommen wir zur Todesursache. Laut pathologischem Bericht ist Maria an Herzversagen, wahrscheinlich ausgelöst durch eine Kammertachykardie, verstorben."

„Was ist das?"

„Im Volksmund würde man das als Herzrasen bezeichnen. Bei dieser Form der Tachykardie kommt es jedoch häufig zu einem Kreislaufstillstand, da das Herz kein Blut mehr pumpt. Bei der Toxikologischen Untersuchung wurde in ihrem Blut eine hohe Konzentration *Flunitrazepan*, sowie eine tödliche Dosis *Methylphenethylamin* gefunden. Um deiner Frage zuvor zu kommen, sie wurde mit K.-o.-Tropfen betäubt und anschließend mit Amphetamin vollgepumpt, was zum Herzstillstand führte."

„Mein Gott, wer macht denn so etwas und warum? Gibt es einen Anhaltspunkt?"

„Bis dahin eigentlich nicht. Ich sagte ja, das Opfer hatte nicht das kleinste Laster, also müssen wir uns die Umstände und den Tatort ansehen. Da wird es dann interessant."

„Inwiefern?"

„Das Opfer wurde auf einem Stückchen Wiese an der Westseite der Halle gefunden. Direkt an dem Zaun, der einen Parkplatz, oder was das sonst für eine Fläche sein soll, eingrenzt. Gefunden hat sie eine Reinigungskraft, die gerade die Kegelbahn reinigen wollte, deren Eingang sich auf dieser Seite der Halle befindet. Laut ihrer Aussage hat sie sofort die Polizei gerufen und nichts angefasst oder verändert. Ergo müssen wir den Tatortfotos glauben, da sich die Aussagen der Mühlheimer Beamten mit den Fotos decken. Wobei *Tatort* nicht der richtige Begriff ist, es ist der Fundort, denn getötet wurde sie mit Sicherheit nicht dort. Nun zur Leiche selbst. Die Tote lag ausgestreckt auf dem Rücken, die Beine gestreckt. Die Hände waren über ihrem Bauch gefaltet und um ihre Handgelenke war ein Rosenkranz geschlungen, das Kreuz nach vorne auf ihren Fingern. Eben wie Bestattungsinstitute es bei Verstorbenen vor Trauerfeiern machen."

„Du willst doch nicht damit sagen, dass…"

„Nein, ich will dir nur die Details genau aufzeigen, da sie uns zum Täter führen werden. Weiter – sie war barfuß, aber sonst vollständig bekleidet. Nur was sie anhatte ist seltsam. Sie trug ein weißes Kleid, das wie ein Kommunionskleid aussah. Ich muss unbedingt ihren Vater fragen, was sie trug, als sie das

Haus verließ. Erinnere mich bitte daran. So, und nun kommt das Seltsamste an dieser Geschichte…"

Pieroth kostete diesen Moment weidlich aus, während sein Freund ihn fragend ansah.

„Was denn? Erzähl schon."

„In ihren gefalteten Händen fand sich ein Zettel mit einem äußerst interessanten Text und ich gehe davon aus, dass die Polizei deswegen nichts sagt und auch nicht weiter kommt."

„Und was steht auf diesem ominösen Zettel?"

„Auf dem Zettel stehen folgende Zeilen:

Der Eingang bin ich zu der Stadt der Trauer,
Der Eingang bin ich zu dem ew'gen Schmerze,
Der Eingang bin ich zum verlornen Volke!

Ist das nicht fantastisch?"

Sommer sah ihn fassungslos an.

„Was soll daran fantastisch sein? Was bedeutet das? Kannst du etwas damit anfangen? Wahrscheinlich, sonst würdest du nicht so grinsen."

„Liest du eigentlich außer Computer-Zeitschriften auch noch etwas anderes? Diese Zeilen entstammen der Feder von Dante Alighieri, dem größten Dichter des ausgehenden Mittelalters."

„Und warum, bitte schön, sollte jemand eine junge Frau umbringen, nur um ihr einen Zettel mit einem uralten Gedicht in die Hand zu stecken? Ein bisschen weit hergeholt, oder?"

Pieroth sah seinen Freund milde lächelnd an.

„Erstens, mein Lieber, ist dies kein uraltes Gedicht, sondern es stammt aus Dantes Werk *Die göttliche Komödie,* falls du schon einmal etwas davon gehört haben solltest und zweitens, sind das die ersten Zeilen der Inschrift über dem Höllentor, durch das Dante mit seinem Führer Vergil in das Reich des gefallenen Engels Luzifer gelangt. Diese Inschrift und die Art, wie die Leiche arrangiert war, sind Hinweise des Täters auf sein Motiv."

„Aber du sagtest doch, das Opfer sei total unauffällig gewesen. Was hat das jetzt mit einem Tor zur Hölle zu tun?"

„Eben das gilt es herauszufinden. Ich habe in der Bibliothek einen schönen Band von diesem Werk. Den werde ich mir nochmal zu Gemüte führen. Irgendein schlauer Kopf hat mal gesagt, dass dieses Buch seine Magie daher beziehe, dass es niemand liest. Das kann ich so nicht bestätigen."

***

Katrin Berger hatte genug. Seit dem frühen Abend stand sie sich hier am Offenbacher Straßenstrich die Beine in den Bauch. Einen einzigen Kunden hatte sie heute. Einen übel riechenden, verschwitzten, fetten Kerl mit osteuropäischem Akzent, der sich in seinem alten Lieferwagen brutal über sie hermachte. Sein Atem roch nach Knoblauch und Schnaps. Sie drehte angewidert den Kopf zur Seite und ließ es einfach geschehen, denn die dreißig Euro brauchte sie dringend.

Nun sah es nicht mehr danach aus, als würde sich noch jemand hierher verlaufen. Auf dem Weg zum nächsten S-Bahnhof pfiffen ihr noch in paar pubertierende Jugendliche hinterher, aber mit denen war kein Geschäft zu machen. Auf dem fast menschenleeren Bahnsteig kam ein schwarz gekleideter Mann in ihre Richtung geschlendert. Sein Gesicht konnte sie nicht erkennen, da er den Schirm seiner Baseballmütze tief ins Gesicht gezogen hatte. Ein kurzes Gefühl der Angst stieg in ihr auf, doch der Mann ging achtlos vorbei.

Müde und frustriert verließ sie am Bahnhof in Mühlheim den Zug. Die Bahnhofsuhr zeigte genau dreiundzwanzig Uhr zweiundfünfzig an. Außer ihr war nur noch ein Mann ausgestiegen. Der Mann, der bei ihr schon auf dem Bahnsteig in Offenbach ein unbehagliches Gefühl verursacht hatte. Ängstlich blickte sie sich um, doch der Mann schien sich nicht für sie zu interessieren. Sie hatte immer ein mulmiges

Gefühl, wenn sie so spät nach Hause kam. Vor allem der kurze, dunkle Tunnel, durch den sie nun noch zwangsläufig musste, war ihr nicht geheuer. Sie eilte die Treppe hinunter und wandte sich nach links. Als sie erleichtert oben auf dem Parkplatz stand, der von ein paar Lampen in diffuses Licht getaucht wurde, sah sie zurück auf den Bahnsteig. Der Mann war nicht mehr zu sehen und doch hatte sie das Gefühl verfolgt zu werden. Nur noch zwei Straßen, dann war sie zu Hause.

Katrin Berger hatte den Mann nicht kommen gesehen und doch war er plötzlich da. Ein schwarzer Handschuh packte sie an der Kehle, sodass sie nicht mehr schreien konnte. Sie fühlte einen Stich am Hals, und dass etwas in ihre Adern eindrang. Ihr Körper bäumte sich kurz auf, wie bei einem epileptischen Anfall. Dann umfing sie nur noch gnädige Dunkelheit.

4

Am nächsten Morgen kam Sommer in die Küche und wedelte mit einer Zeitung.

„Gibt's etwas Neues?", nuschelte Pieroth, der sich gerade das letzte Stück seines Croissants in den Mund geschoben hatte.

„Wir stehen auf der Titelseite. Hackerangriff auf hessisches Polizeinetzwerk. Hier lies."

„Wie? Konnten die doch die Spur zu dir zurückverfolgen?"

„Nein, da steht nur etwas darüber, dass der Polizeicomputer gehackt wurde, aber wir wissen ja, dass wir es waren."

Pieroth nahm die Zeitung und schüttelte den Kopf. Manchmal konnte sein Freund richtig einfältig sein. Er überflog gerade den Leitartikel, als das Telefon läutete. Sommer sprang auf und rannte in sein Büro. Kurz darauf kam er zurück und hielt Pieroth das Endgerät unter die Nase.

„Hier, die Polizei. Sie wollen nur mit dir sprechen."

„Pieroth. Ach hallo, Sie sind es. Was kann ich denn für Sie tun? Was?", er war aufgesprungen und hatte einen sehr ernsten Gesichtsausdruck angenommen. „Können wir vorbeikommen? Ja, wir beeilen uns. Vielen Dank für die Information."

Sommer sah ihn fragend an.

„Komm, wir müssen schnell los. Das war die örtliche Polizeidienststelle. Gut wenn man Beziehungen hat. Es wurde wieder eine Frauenleiche gefunden und wir müssen am Tatort sein, bevor die Kripo aus Offenbach da ist. Nimm dein Handy mit wir brauchen Fotos. Noch ein Hackerangriff wäre zu riskant."

Er zog sein Jackett über und rannte zur Tür. So hatte Sommer seinen Freund auch noch nicht erlebt. Es war unglaublich, dass dieser sonst so phlegmatische wirkende Mensch plötzlich so schnell und aktiv sein konnte.

„Und wo fahren wir hin?", fragte er, als sie im Wagen saßen.

„Industriestraße, und jetzt gib Gas!"

Unter Missachtung jeglicher Verkehrsregeln jagte Sommer den alten Jaguar über die B43 und dann nach Süden. Um ein Haar hätten sie eine ältere Frau überfahren, die plötzlich und ohne auf den Verkehr zu achten, ihren Rollator vom Gehweg auf die Straße schob und sich anschließend noch mit erhobener Faust beschwerte.

***

Das kleine Wiesendreieck, direkt an den Gleisen

der S-Bahn, war weiträumig abgesperrt. Pieroth begrüßte einen der Polizisten.

„Wer hat sie gefunden?“

„Ein Mitarbeiter der Reparaturwerkstatt da hinten. Er fuhr aus dem Hof und sah sie dort liegen.“

Er bedankte sich und winkte dann Sommer heran. Auf dem Gras lag eine Frauenleiche, aber mit Ausnahme der Tatsache, dass die Tote auch eine Frau war und dass die Leiche ebenfalls arrangiert wurde, hatte das was sie hier sahen wenig mit der toten Maria Scholak gemein.

Diese Frau war etwas älter, vielleicht Ende zwanzig. Sie war grell und billig geschminkt. Auch ihre Kleidung war auffällig. Sie trug ein enges T-Shirt mit aufgedrucktem Leopardenmuster und Paillettenbesatz, dazu einen sehr kurzen Rock und goldfarbene Pumps. Arme und Beine waren gespreizt und die Leiche so drapiert, dass der Fahrtwind eines vorbeifahrenden Zuges den Rocksaum nach oben wehte. Sie trug keine Unterwäsche und unter ihrem Rocksaum war ein Zettel befestigt.

Sommer machte schnell ein paar Fotos und als die Wagen der Kriminalpolizei und der KTU vor der Absperrung hielten, verschwanden sie in die andere Richtung.

„Wer war das?“, fragte Hauptkommissar Schumann den Polizisten an der Absperrung.

„Wen meinen Sie?“

„Kommen Sie. Sie wissen genau wen ich meine. Die beiden, die eben in die andere Richtung verschwunden sind und die vorher hier am Tatort waren.“

„Ach die meinen Sie. Das waren Henry Pieroth und sein Sekretär. Die waren zufällig auch gerade hier. Pieroth ist der reichste Mann in dieser Gegend und seit kurzem auch Privatdetektiv.“

„Zufällig, so? Und wenn es der Papst persönlich wäre - an meinem Tatort hat niemand etwas verloren! Ist das klar?“

„Ist schon recht, Herr Kommissar.“

„Ein Privatschnüffler. Das hat mir gerade noch gefehlt“, brummte Schumann und schüttelte den Kopf.

***

„Druck mir bitte gleich die Fotos aus“, drängte Pieroth, als sie wieder im Büro waren.

„Ja, mache ich sofort. Du wolltest auch noch mit Scholak wegen der Kleidung sprechen.“

„Stimmt. Danke, das erledige ich am besten sofort.“

Draußen überlegte er, ob er fahren oder laufen sollte und entschied sich für letzteres. Etwas Bewegung bei dem schönen Wetter konnte nicht schaden und so weit war es ja auch nicht. Er würde es bestimmt überleben.

„Guten Tag Herr Scholak. Ich hätte noch eine Frage an Sie."

„Herr Pieroth. Kommen Sie doch bitte herein."

Scholak ging voran ins Wohnzimmer und Pieroth hatte das Gefühl, dass der Mann noch gebeugter ging, als bei seinem letzten Besuch.

„Nehmen Sie doch bitte Platz. Um was geht es denn? Sind Sie schon weiter gekommen?"

„Können Sie mir sagen, welche Kleidung Ihre Tochter trug, als sie das Haus verließ?", ignorierte er die Frage, auf die er ohnehin noch keine Antwort hatte, oder zumindest keine positive.

Scholak überlegte kurz.

„Eine blaue Hose, so eine Jeans, weiße Turnschuhe und eine bunte Bluse, mit Blumen, glaube ich. Warum? Ist das wichtig?"

Die Stimme des Mannes war jetzt erregt. Welche Gedanken und Vorstellungen mögen ihm gerade durch den Kopf gegangen sein?

„Nichts Wichtiges. Ich möchte nur ein vollständiges Bild von diesem Tag haben. Ich danke Ihnen."

Pieroth verabschiedete sich hastig und war froh, wieder draußen zu sein. Er wollte nicht noch mehr Fragen gestellt bekommen, auf die er keine Antwort hatte - *noch* keine Antwort hatte.

***

Als er zurück ins Büro kam, hatte Sommer bereits die Fotos ausgedruckt und an die Pinnwand geheftet. Ein Foto interessierte ihn besonders. Dabei war es nicht der völlig rasierte Genitalbereich des Opfers, der darauf zu sehen war, sondern der am inneren Rocksaum befestigte Zettel. Er holte eine Lupe aus der Schreibtischschublade um die Zeilen besser lesen zu können und notierte den Text auf seinem Notizblock.

Nachdenklich legte er kurz darauf die Lupe zurück und ließ sich in seinen Sessel fallen.

„Frank!"

Sommer erschien mit einer Tasse Kaffee in der Hand.

„Willst du auch eine?"

„Nein, danke. Hast du dir die Bilder schon genauer angesehen?"

„Ich habe mal drüber gesehen, als ich sie aufgehängt hatte, warum?"

„Der Zettel! Die beiden Morde hängen zusammen!"

„Wieso? Was steht denn auf dem Zettel?"

„Es sind ebenfalls Zeilen aus Dantes Göttlicher Komödie. Nur sind sie diesmal zweigeteilt.

Zuerst steht dort:

Ich kam zu einer lichtberaubten Stätte,
Wo's gleich dem Meer beim Ungewitter brüllet,
Wenn es zu Kampf erregte Stürme peitschen.

und dann:

Der Unzucht Laster war sie so ergeben,
Dass ihr Gelüst sie durch Gesetz erlaubte,
Die Schande, die sie traf, von sich zu wälzen.

Der Mörder gibt uns damit Hinweise. Verstehst du?"

„Im Moment verstehe ich nur Bahnhof."

Sommer sah seinen Freund ungläubig an. Dass er früher schon manchmal etwas seltsam war, wusste er ja, aber jetzt schien er ganz abzuheben.

„Die ersten Zeilen könnten ein Hinweis darauf sein, warum der Mörder die Leiche so hingelegt hat.

Wo's gleich dem Meer beim Ungewitter brüllet,
Wenn es zu Kampf erregte Stürme peitschen.

Das Ungewitter ist der Lärm, den ein vorbeifahrender Zug macht und die peitschenden Stürme sind der Fahrtwind. Er wollte das genauso. Auch dass der

Fahrtwind ihren Rocksaum nach oben weht. Das hat wohl mit den anderen Zeilen zu tun. Hast du ihre Schminke und die Kleidung gesehen?

Der Unzucht Laster war sie so ergeben,

Es würde mich nicht wundern, wenn sie anschaffen ging. Der zweite Kreis der Hölle."

„Also ehrlich Henry, so langsam schalte ich ab. Das versteht doch kein normaler Mensch. Was ist denn der zweite Kreis der Hölle?"

„Ich hatte dir doch erklärt, dass in der Göttlichen Komödie der Dichter mit seinem Führer Vergil durch das Höllentor schreitet. Die Hölle beschreibt Dante als trichterförmiges Loch in der Erde, dass durch neun konzentrische Kreise unterteilt ist. Jeder Kreis ist, wenn dir der Vergleich eher zusagt, eine eigene Abteilung in der Hölle."

„Verstehe, aber was hat das nun mit unseren Opfern zu tun?"

„Nun, beim ersten Opfer fanden wir die Verse, aus der Inschrift des Höllen Tores, was wiederum zum ersten Kreis, der Vorhölle führt. Hier sind die unschuldig verdammten, die keiner will, weder Gott noch der Teufel."

„Was heißt unschuldig verdammt?"

„Nach der katholischen Glaubenslehre zum Beispiel die Ungetauften Seelen. Die schmoren in der Vorhölle, dem Fegefeuer, bis sie am jüngsten Tag doch noch das Antlitz Gottes sehen dürfen."

„Und der Zweite Kreis?"

„Das ist die Hölle der Wollüstigen. Der Text weißt ja auch eindeutig darauf hin."

Pieroth hielt einen Moment lang inne.

„Ich glaube, es ist noch nicht vorbei", meinte er leise, „das war erst der Anfang."

„Wie meinst du das? Glaubst du, es ist ein Serienmörder?"

„Sicher ist es ein Serientäter, aber er ist mehr als das. Er setzt Zeichen. Er will uns etwas mitteilen. Wenn er vorhat was ich denke, wird es mindestens noch sieben weitere Morde geben, falls wir ihn nicht vorher aufhalten können. Er arbeitet die neun Kreise der Hölle ab und wir müssen herausfinden, warum er das macht; was es damit auf sich hat."

„Ist das nicht eine zu gewagte These? Wie willst du weiter vorgehen?"

„Wir müssen herausfinden, warum er gerade diese Opfer ausgewählt hat. Du durchleuchtest beide. Geh in die Schule von Maria Scholak und sprich mit den Lehrern, geh aufs Bürgeramt und zu den Pfarreien. Sammle so viele Informationen wie du bekommen kannst."

„Glaubst du, dass mir irgendjemand einfach so Auskunft gibt?"

„Beim Bürgeramt zeigst du einfach unsere Visitenkarte. Du hast ja einen ganzen Karton davon bestellt. Bei den Pfarreien reicht das auch. Die bekommen an Weihnachten und sonstigen Anlässen immer einen Scheck."

„Und was machst du?"

„Ich versuche mit diesem Kommissar zu sprechen. Er muss mit uns zusammenarbeiten, wenn er das Morden beenden will."

„Na gut. Wir werden es sehen."

Sommer machte sich auf den Weg und Pieroth griff nach dem Telefon.

„Hauptkommissar Schumann? Guten Tag, Mein Name ist Pieroth…"

Nach einer gefühlten Ewigkeit hatte man ihn endlich mit dem Kommissariat für Tötungsdelikte verbunden.

„Ah, der Privatschnüffler", unterbrach ihn Schumann direkt. „Was wollen *Sie* denn von mir? Machen Sie es kurz, ich habe zu tun."

„So primitiv würde ich das nun nicht ausdrücken. Ich ermittle für Leute die mich dafür bezahlen, weil sie kein Zutrauen in die Ermittlungsarbeit der Polizei haben, oder die Polizei nicht weiter kommt. So, wie Sie in den beiden aktuellen Todesfällen."

„Von welchen Fällen reden Sie?", fragte Schumann vorsichtig.

„Das wissen Sie doch. Ich spreche von dem Mord an Maria Scholak vor drei Wochen, wo Sie dem Vater bis heute die Informationen zum Tod seiner Tochter schuldig geblieben sind, und dem Mord von heute Morgen. Ich würde Ihnen meine Hilfe bei der Aufklärung anbieten."

„Lassen Sie die Finger davon. Wir brauchen Ihre Hilfen nicht!", schnaubte Schumann.

„Sagen Sie das nicht. Ich kann Ihnen helfen. Es ist ja auch nicht ihretwillen, sondern wenn meine Vermutung stimmt, geht es weiter. Sie könnten Leben retten."

„Es reicht! Jagen Sie weiter Ehebrecher, oder sonst was und lassen Sie uns in Ruhe."

Damit war das Gespräch beendet. Schumann hatte einfach aufgelegt.

„Der kommt noch angekrochen", dachte Pieroth und wandte seine Aufmerksamkeit wieder der Pinnwand zu.

***

Als Sommer am Abend völlig erschöpft zurück ins Büro kam, ließ er sich gleich auf einen Sessel fallen.

„Es ist wirklich erstaunlich. Dein Name ist hier in Mühlheim ein richtiger Türöffner."

„Du siehst aus, als hättest du Erfolg gehabt", überging Pieroth diese Bemerkung.

„Denke schon. Maria Scholak war eine erstklassige Schülerin. Ihre Lehrer bezeichneten sie lieb, höflich und fleißig. Bei ihren Mitschülern war sie nicht so beliebt und wurde als Streberin gemobbt. Sie wohnte bis zuletzt bei ihrem Vater. Die Mutter starb vor zwei Jahren. Jetzt kommt das Interessante. Sie taucht bei keiner der Mühlheimer Pfarreien im Register auf. Weder im Taufregister, noch bei Kommunionen oder Konfirmationen."

„Natürlich! Die unschuldig verdammten", murmelte Pieroth.

„Was meinst du?"

„Ich hatte dir doch erklärt, dass im ersten Kreis der Hölle die unschuldig verdammten schmoren. Zum Beispiel die ungetauften. Dieses Mädchen wurde für den Mord gezielt ausgesucht."

„Du meinst, der Mörder sucht sich Opfer, die zu den Kreisen passen? Wie krank ist das denn? Das bedeutet ja, es könnte jeden treffen. Jeder hat ja mal irgendwas gemacht."

Sommer war außer sich bei dieser Vorstellung.

„Weiter! Was gibt es über die andere Tote?"

„Katrin Berger, achtundzwanzig Jahre alt, kein Schulabschluss, keine Ausbildung, bezog Hartz IV und bessert sich ihre Kasse durch Prostitution auf. Sie ging in Offenbach auf den Strich. Zuletzt lebte sie alleine in einer Zweizimmerwohnung in der Lämmerspieler Straße. Laut ihren Nachbarn haben aber gelegentlich verschiedene Männer bei ihr gewohnt, die von den anderen Mietern als asoziales Gesindel bezeichnet wurden."

„Auch das passt. Auch sie wurde ausgesucht. Der zweite Kreis; die Hölle der Wollüstigen. Sehr gute Arbeit, Frank."

„Und was hat dein Gespräch mit dem Kommissar ergeben?"

„Nichts. Er ist ein überhebliches, arrogantes Arschloch und glaubt, er könne die Morde auch ohne uns aufklären. Spätestens nach dem dritten Mord kommt er angekrochen."

„Mal hypothetisch gesehen - der dritte Mord, der dritte Kreis. Was wäre denn diesmal dran?"

„Der dritte Kreis ist die Hölle, in welche die Schlemmer verbannt wurden."

5

Der Sommer war nun endgültig angekommen. Das Thermometer erreichte bereits am Vormittag die dreißig Grad Marke und das Leben in Mühlheims Straßen lief gemächlicher als sonst. Wer nicht unbedingt weg musste blieb zu Hause im Garten, auf dem Balkon, oder gönnte sich eine Erfrischung in einem Café unter einem Sonnenschirm.

Drei Tage waren bereits seit dem Mord an der Prostituierten vergangen. In der Zeitung war ein kurzer Artikel darüber im Regionalteil zu lesen, danach nichts mehr. Auch nicht über den ungeklärten Mord an Maria Scholak. Pieroth musste ihrem Vater notgedrungen mitteilen, dass sie noch nicht viel weiter gekommen waren, versprach aber, den Fall zu lösen, egal wie. Der Mann war zwar enttäuscht, hatte aber nach wie vor großes Zutrauen in die Fähigkeiten des Detektivs.

Pieroth rief den Journalisten an, der die Artikel über die beiden Morde verfasst hatte, aber auch *der* hatte keine weiteren Informationen. Die Polizei hatte eine Nachrichtensperre verhängt. Pieroth konnte ihn aber überreden in der nächsten Ausgabe mit einem Artikel die Situation im Allgemeinen anzuprangern und damit den Druck auf die Polizei zu erhöhen. Vielleicht kam Schumann ja dann endlich aus seinem Mauseloch gekrochen.

Da die Staatsanwaltschaft endlich den Leichnam von Maria Scholak freigegeben hatte, konnte ihr Vater sich nun von ihr verabschieden und sie beerdigen. Die Beisetzung sollte in drei Tagen, am Freitagvormittag auf dem Mühlheimer Friedhof stattfinden und Pieroth hatte sich vorgenommen, daran teilzunehmen.

***

Während der sehr bewegenden Trauerfeier und später, als dutzende Freunde, Verwandte und Bekannte dem weißen, mit Lilien geschmückten Sarg zur Beisetzung folgten, beobachtete Pieroth alle Anwesenden und auch die anderen Friedhofsbesucher ganz genau. Es war aber niemand dabei, der seine Aufmerksamkeit erregte. Nachdem der freie Prediger ein paar Worte gesprochen hatte und der Sarg ins Grab hinabgelassen wurde, hatte er seinem Klienten kondoliert und sich auf den Heimweg gemacht.

Im Büro grübelte er stundenlang über den Unterlagen, die sie bisher über die beiden Morde zusammengetragen hatten. Irgendwann fiel er in einen festen, traumlosen Schlaf.

***

Es war schon weit nach zweiundzwanzig Uhr und Edgar Sennfeld verließ langsam und bedächtig das Lokal. Er hatte Mühe sich auf den Beinen zu halten, was zum einen seinem Alkoholkonsum, zum anderen aber auch seiner Körperfülle und seinem Gewicht geschuldet war. Er hatte hier auch wieder eine riesige Portion Schnitzel mit Bratkartoffeln vertilgt und mit jeder Menge Bier und Schnaps nachgespült. Er torkelte zu seinem alten Volvo, der im hinteren Bereich des Parkplatzes abgestellt war. Als er vergeblich versuchte den Autoschlüssel ins Türschloss zu stecken, trat leise eine dunkle Gestalt hinter ihn. Sennfeld war zu betrunken um etwas zu hören. Das letzte, was er auf dieser Welt mitbekam war, dass jemand ihm eine Spritze in den Hals rammte und er langsam am Auto herunterrutschte. Dass ihn jemand auf die Ladefläche des Kombis zog, erlebte er schon nicht mehr. Sein ohnehin angegriffenes Herz hatte aufgehört zu schlagen.

***

Am nächsten Morgen wurde Sommer schon sehr früh durch das penetrante Läuten des Telefons geweckt. Er schlurfte müde hinüber in sein Wohnzimmer, wo er für alle Fälle noch eine Nebenstelle der Büronummer installiert hatte.

„Detektei Pieroth, Sommer am Apparat."

Kurz darauf war er hellwach.

„Wie? Wo? Ja, kenne ich. Ich sage ihm sofort Bescheid. Vielen Dank!“

Sommer rannte nach oben und weckte seinen Freund ziemlich unsanft. Der blinzelte schlaftrunken ins Halbdunkel seines Schlafzimmers. Erst vor knapp zwei Stunden hatte er die harte Platte seines Schreibtischs mit seinem Bett getauscht.

„Was ist denn los, verdammt?“

„Komm schnell. Die Polizei hat angerufen. Es gibt schon wieder eine Leiche.“

Pieroth zog schnell Jeans, ein Polohemd und Slipper an und folgte seinem Freund zum Auto.

Als sie mit dem Jaguar durch die noch fast leeren Straßen Mühlheims rasten, gab Sommer ihm einen kurzen Abriss dessen, was er am Telefon erfahren hatte.

„Die Leiche liegt an der Rodau, zwischen Talweg und einer Kleingartenanlage. Soll eine ziemliche Schweinerei sein.“

Sommer stellte den Wagen in der Ulmenstraße ab. Den Rest mussten sie zu Fuß gehen. Von weitem sahen sie schon, wie uniformierte Polizisten auf einer frisch gemähten Wiese ein größeres Rechteck absperrten.

„Mist! Schumann ist schon da. Ich glaube, er hat

uns auch gesehen. Versuchen wir trotzdem unser Glück."

An der Absperrung blieben sie stehen und versuchten einen Blick auf das Opfer zu werfen, aber sie konnten nichts sehen.

„Das war's für uns. Komm, wir gehen", meinte Sommer resigniert, doch Pieroth hatte nicht das Gefühl, dass es vorbei war. Er wollte noch bleiben und sein Gefühl sollte ihm recht geben. Nach einer Weile kam Schuman über die Wiese auf ihn zu gestapft.

„Ich muss mit Ihnen reden, Pieroth, aber allein", raunte er ihm zu.

„Frank Sommer ist mein Freund und Assistent. Er kann alles hören."

„Na gut. Ich sage es nicht gerne, aber nach dem, was ich da unten gerade gesehen habe, glaube ich doch, dass ich etwas Hilfe brauchen könnte."

Letzteres sagte Schumann so leise, dass man es kaum verstand.

„Aber keine Einmischung und ich weiß natürlich auch nicht, ob Sie derjenige sind, der das könnte", ergänzte er trotzig und etwas lauter.

„Die Kurzform: Das Opfer ist wahrscheinlich übergewichtig, liegt im Wasser und stinkt. Reicht das, oder liege ich falsch?"

Der Kommissar glotzte Pieroth an, als hätte er gerade den Leibhaftigen gesehen.

„Woher…ich meine, Sie können…waren Sie doch schon da unten?“, stammelte er.

„Nein“, meinte Pieroth entspannt, „ich sagte Ihnen ja bereits am Telefon, dass es weitergeht und wenn hier der selbe Täter am Werk war, dann muss es so sein, wie ich eben ausführte.“

„Am Ende sind Sie vielleicht sogar der Täter und machen sich nur wichtig. Bei so viel Insiderwissen könnte man darauf kommen“, brummte Schumann.

„Wollen Sie nun unsere Hilfe, oder nicht?“

„Na gut, kommen Sie mit und sehen sich die Scheiße an. Aber ich muss Sie warnen, es ist nichts für schwache Nerven.“

Der Kommissar hatte recht. Das Bild, was sich ihnen bot, war abstrus und ekelhaft zugleich. Dort wo Buschwerk und Schilfgras eine Lücke gelassen hatten, lag ein Mann, schätzungsweise zwischen fünfzig und sechzig und mindestens einhundertzwanzig Kilo schwer, auf dem Bauch und mit dem Kopf in der Rodau. Arme und Beine waren gespreizt und er lag auf einem Bett aus Pferdemist.

„Wer hat ihn gefunden?“

„Der Mann, der hier die Wiese gemäht hat. Er fuhr mit dem Traktor hier entlang und sah die Bescherung.“

„Woher könnte der Täter den Pferdemist haben?“

„Dort hinten, Richtung Müllerweg ist eine kleine Koppel. Vielleicht hat er das Zeug da geklaut“, meinte Sommer.

„Werden wir überprüfen.“

„Der dritte Kreis! Ich hatte recht.“

„Was für ein Kreis? Von was reden Sie, Pieroth?“

„Kommen Sie bitte heute Nachmittag zu uns ins Büro. Da erkläre ich Ihnen alles, und bringen Sie alle Unterlagen dieser drei Fälle mit. Ach, und wie Sie wahrscheinlich bemerkt haben dürften, es ist derselbe Täter.“

„Kommen Sie doch zu mir aufs Präsidium.“

„Ich gehe ungern außer Haus und so weit schon gar nicht. Frank gibt Ihnen eine von seinen Karten, damit Sie wissen, wo Sie uns finden. Bis später.“

Er drehte sich um und ließ einen völlig konsternierten Hauptkommissar Schumann zurück.

***

Kurz nach fünfzehn Uhr stand Kommissar Schumann mit drei Schnellheftern unter dem Arm vor Pieroths Tür. Ihm war nicht ganz wohl bei der Sache und das merkte man ihm an.

„Guten Tag Herr Kommissar. Kommen Sie bitte herein.“

Sommer hatte die Türe geöffnet und bugsierte

Schumann nun in Pieroths Büro.

„Kaffee?"

„Ja, danke."

„Kommen Sie und nehmen Sie bitte Platz."

Pieroth war hinter seinem Schreibtisch sitzen geblieben.

Schumanns Blick fiel auf die riesige Pinnwand mit den Fotos und Dokumenten, die außer ihm eigentlich niemand haben konnte und sollte. Pieroth folgte amüsiert dem erstaunten Blick des Kommissars.

„*Sie* waren das! Sie haben die Dokumente aus unserer Datenbank geklaut."

„Sagen wir so: Ich habe meine Quellen."

„Das wird Sie teuer zu stehen kommen! Sie glauben doch nicht, dass ich den Diebstahl vertraulicher Dokumente einfach unter den Teppich kehre."

„Mein lieber Herr Schumann. Selbst wenn ich Ihnen gegenüber hier im Raum eingestehen würde, die Daten geklaut zu haben – das sage ich bewusst im Konjunktiv – hätte es keine Relevanz, da Sie es nicht beweisen könnten. Ebenso wenig können Sie mir den Diebstahl nachweisen, also lassen wir das."

„Und wenn ich nun verkabelt bin?"

„Sind Sie nicht."

„Woher wollen Sie das wissen?"

„Als Sie das Haus betraten, wurden Sie von mehreren Detektoren gescannt. Die einen suchen nach elektrischen, oder elektromagnetischen Quellen, die anderen nach metallischen Gegenständen. So weiß ich auch, dass Sie freundlicherweise keine Dienstwaffe dabei haben. Das gehört zu den umfangreichen Sicherheitsmaßnahmen in diesem Haus."

Sommer erschien mit dem Kaffee und Schumann gab sich geschlagen.

„Wie ich sehe, haben Sie die Akten dabei. Über den ersten Mord sind wir bereits sehr gut informiert", grinste Pieroth, „über den zweiten wissen wir nur wenig und über den heutigen noch fast nichts."

„Warum sind Sie so sicher, dass es sich in allen Fällen um denselben Täter handelt?"

„Das ist doch eindeutig. Warum haben Sie im ersten Fall den Zettel ignoriert? Auch beim zweiten Opfer haben Sie einen Zettel gefunden und heute garantiert auch, oder?"

„Ja, das stimmt", gab Schumann zu, dann wühlte er in einer der Akten, zog eine Fotokopie heraus und reichte sie Pieroth.

„Unreines Wasser, Schnee und schwerer Hagel
Ergießt sich durch der Lüfte Finsternisse,
Und Stank entsteigt der Erde, die es aufnimmt."

las er laut vor.

„Eine Textstelle aus dem dritten Kreis, wie ich es mir dachte."

„Was hat das mit dem Kreis auf sich?" Schumanns Stimme klang schon fast verzweifelt. Dieser Pieroth machte ihn wahnsinnig.

„Ich erkläre Ihnen gleich alles, doch zuvor möchte ich noch etwas wissen. Das erste Opfer wurde zuerst mit *Flunitrazepam* betäubt und dann mit einer Überdosis Amphetamin getötet. Ich gehe davon aus, dass Opfer zwei und drei nicht vorher betäubt wurden, sondern direkt das Amphetamin verabreicht bekamen. Ist das korrekt?"

„Ja, beim zweiten Opfer stimmt das. Bei dem heute haben wir noch keinen Befund, aber woher wissen Sie…"

„Das passt", würgte ihn Pieroth gleich ab, „und jetzt haben Sie sich eine Aufklärung verdient. Sagt Ihnen die Göttliche Komödie etwas?"

Kopfschütteln.

„Das ist eine Dichtung von Dante Alighieri aus dem Anfang des vierzehnten Jahrhunderts. Im ersten Teil beschreibt Dante die Hölle als Loch in der Erde, das durch neun Kreise unterteilt ist. Die Zeilen auf dem ersten Zettel, den Sie bei Maria Scholak fanden, sind Teile aus der Inschrift des Höllentors, durch das man die Vorhölle, den ersten Kreis betritt. Dort sind die unschuldig verdammten, wie zum Beispiel die ungetauften. Herr Scholak hat mir bestätigt, dass er keiner Konfession angehört und seine Tochter auch nicht getauft wurde. Nachdem sie sich entschieden hatte Theologie zu studieren, wollte sie sich auch erst dann für eine Konfession entscheiden."

„Sie meinen, der Täter hat sie deshalb ausgesucht?"

„Ja. Sehen Sie sich doch die Fotos an. Die Mühe, die er sich mit dem Herrichten seines Opfers gemacht hat. Der Rosenkranz, das weiße Kleid. Das Zeichen der Unschuld. Laut Obduktionsbericht war sie ja noch Jungfrau. Das war aber eher Zufall."

„Und der zweite Kreis?"

„Der zweite Kreis ist die Liebeshölle, die Hölle der Wollüstigen. Hier schmoren die Frivolen, die Huren, die Ehebrecher. Vom zweiten Opfer wissen wir nur, dass sie Katrin Berger hieß, achtundzwanzig Jahre alt war und ihre Hartz IV Zuwendungen mit Prostitution aufbesserte. Wie Sie unschwer erkennen können, wurde auch dieses Opfer gezielt ausgesucht. Die Zeilen auf dem Zettel, den Sie bei ihr fanden, beschreiben die Zustände, unter denen die Verdammten dieser Hölle leiden müssen. Er drapiert die Leiche sinngemäß zu den Texten. Lesen Sie die Zeilen. Sie wurde direkt am Bahngleis gefunden …*Ungewitter brüllet*… der Lärm der Züge und …*Stürme peitschen*… der Fahrtwind. Und nun zu Ihrem heutigen Opfer. Der dritte Kreis ist die Hölle der Schlemmer. Dort büßen die Maßlosen, jene die im Überfluss gelebt haben, die es sich zu gut gehen ließen und deren Gott der eigene Leib war. Und wieder hat er das Opfer ausgewählt. Die Statur des Mannes deutet ja wohl auf Völlerei hin. Würde mich nicht wundern, wenn Sie bei der Obduktion einen erweiterten Magen und eine Fettleber finden würden. Der Mörder hat auch wieder das Opfer sinnbildlich zu den Zeilen auf dem Zettel drapiert …*Unreines Wasser*… der Kopf in der Rodau …*Stank entsteigt der Erde*… er lag auf Pferdemist. Da haben Sie Ihre Zusammenhänge. Und auf meine Vermutung von vorhin zurückzukommen, dass er das erste Opfer betäubt hat, bevor er es umbrachte, war eine Art Gnadenakt, da es ja eine schuldlos verdammte Seele war. Die anderen tötete er direkt, weil sie sich in seinen Augen schuldig gemacht hatten."

Kommissar Schumann sah ihn eine Weile fassungslos an, bevor er sich wieder straffte.

„Das ist ja eine unglaubliche Geschichte, die Sie mir da auftischen. Soviel Fantasie können doch wohl nur Sie haben."

„Mein Gott, was sind Sie verbohrt. Der Täter will uns etwas aufzeigen. Er hat einen Plan. Ich vermute, er hat ein bestimmtes Ziel. Sie suchen einen Täter, der eine etwas höhere Intelligenz besitzt und sehr belesen ist. Er ist noch nicht fertig."

„Angenommen, ich würde Ihnen glauben - Sie meinen also, es geht weiter? Wieviel Kreise gibt es da in diesem Buch? Neun? Es wird also noch sechs Tote geben, bis er fertig ist?"

„Höchstens. Es könnte aber auch schon früher fertig sein, wenn sein Ziel mit einem der anderen Kreise korrespondiert."

„Was käme dann als nächstes dran?"

„Der vierte Kreis ist die Hölle der Geizigen, der Verschwender, der Habgierigen."

„Dann haben wir wohl bald einen toten Bänker", lachte Schumann um gleich darauf wieder ernst zu werden. „Entschuldigung."

***

Der Kommissar willigte zähneknirschend ein, dass Pieroth sich Kopien der Fall Akten machen durfte und nachdem Schumann gegangen war, befestigte er alles an seiner Pinnwand, schob seinen Sessel davor und versank ins Grübeln.

Als Sommer eine Stunde später mit frischem Kaffee kam, saß er noch immer unverändert und starrte auf die Wand. Irgendetwas war ihm aufgefallen und hatte sich in seinem Unterbewusstsein manifestiert, aber so stark er sich auch konzentrierte, er kam einfach nicht dran, konnte es nicht abrufen. Resigniert rollte er mit seinem Sessel zurück zum Schreibtisch.

„Ich hätte eine Aufgabe für dich. Druck dir mal ein Foto von dem Mann aus, aber ein jugendfreies, wo er nicht so schlimm aussieht. Damit klapperst du alle Esslokale in Mühlheim ab. Ich will Schumann beweisen, dass ich recht habe und der Mörder den Mann deshalb aussuchte, weil er einfach zu viel gefressen hat."

„Sonst noch was?"

„Es widerstrebt mir das zu sagen, aber ich hänge gerade fest."

„Das macht dich direkt menschlich", grinste Sommer.

„Irgendetwas ist da auf dieser Wand verborgen. Ich habe es wahrgenommen, kann es aber nicht sehen. Verdammt!"

„Du wirst schon noch dahinter kommen. Ich mache mich dann gleich auf den Weg."

***

Frank Sommer hatte schon eine Reihe von Lokalen besucht und jedes Mal nur Kopfschütteln geerntet. Er war müde und frustriert. Zwei standen noch auf seiner Liste. Ohne Illusion auf einen Erfolg fuhr er auf den großen Parkplatz. Die reichhaltige Speisekarte bot mindestens ein Dutzend Schnitzelvariationen an. Der Biergarten war rappelvoll. Als er den Gastraum betrat, rannte er fast eine Kellnerin über den Haufen. Sommer entschuldigte sich höflich und hielt der Frau das Bild unter die Nase, wie er es heute schon so oft vergeblich getan hatte. Umso erstaunter war er über die Reaktion.

„Ja, der war gestern da. Der ist hier so eine Art Stammgast. Hat einen gesunden Appetit. Warum?"

„Was hat er den bestellt?", ignorierte Sommer erst einmal die Frage.

„Zuerst hat er, glaube ich, einen Handkäs' mit Musik gegessen und dann unser XXL Schnitzel mit Bratkartoffeln."

„Hat er viel getrunken?"

„Kann man sagen. Es waren bestimmt fünf Halbe und dazu jedes Mal ein Korn. Warum fragen Sie das alles? Ist was mit dem Sennfeld?"

„Ja, das war wohl sein Name. Herr Sennfeld ist tot. Er wurde heute Morgen ermordet aufgefunden. Vielen Dank für die Auskunft."

„Ermordet? Mein Gott", schluckte die Kellnerin und Sommer ging, etwas besser gelaunt, zu seinem Auto und fuhr zurück ins Büro.

Dort fand er seinen Freund wieder im Sessel vor der Pinnwand.

„Ich habe das Lokal gefunden, wo Sennfeld vor seinem Tod eingekehrt war. Er hat ganz schön gefuttert und gesoffen."

„Prima! Dann ruf bitte Schumann an und erzähl ihm alles. Ich brauche einen Stadtplan."

„Wir haben keinen. Wofür braucht man in Mühlheim einen Stadtplan?"

„Dann besorg mir bitte einen beim Bürgeramt. Ich muss etwas nachweisen."

„Heute ist Samstag. Die haben geschlossen."

„Mist! Dann halt gleich Montag früh."

***

Sommer war schon früh auf den Beinen. Während eines kurzen Frühstücks überflog er die Zeitungen. Diesmal waren die Titelseiten voll mit dem neuerlichen Mord und Vorwürfen an die Polizei.

Was tut die Polizei gegen den Mühlheim-Ripper?

oder

Mühlheim in Angst! Ist die Polizei überfordert?

waren nur einige der Schlagzeilen.

„Wieso eigentlich *Ripper*?“, dachte er, „es wurde doch niemand mit einem Messer massakriert.“

Sommer ging ins Schlafzimmer um seinen Freund zu wecken, doch das Bett war nicht benutzt. Er ging hinüber ins Büro und fand ihn, den Kopf auf den verschränkten Armen liegend, an seinem Schreibtisch vor. Er musste die ganze Nacht hier verbracht haben. Sommer ließ ihn schlafen und machte sich auf den Weg zum Bürgeramt um einen Stadtplan zu besorgen, der dort kostenlos ausgegeben wurde. Er fragte sich noch immer, was Pieroth damit wollte. Als gebürtiger Mühlheimer kannte er doch jede Ecke. Wie auch immer, er würde es gleich erfahren. Als er das Rathaus verließ, klingelte sein Handy.

„Hallo Henry! Hast du ausgeschlafen?“

„Im Gegensatz zu dir, war ich die ganze Nacht wach. Wo bist du gerade?“

„Ich habe gerade den Stadtplan geholt. Wieso? Brauchst du noch etwas?“

„Ja, besorg mir bitte einen Zirkel, einen etwas größeren, und ein Lineal.“

„Was hast du denn damit vor?“

„Zeige ich dir später. Beeil dich.“

Damit war das Gespräch beendet und Sommer machte sich auf den Weg zu einem Schreibwarenladen.

***

Frank Sommer saß im Büro und sah gespannt zu, was sein Freund veranstaltete. Pieroth befestigte den Stadtplan an der Pinnwand und markierte genau die Fundstellen der bisherigen Mordopfer.

„So, mein Freund, während du selig geträumt hast, habe ich mir die ganze Nacht das Hirn zermartert, was mich an dieser Sache gestört hat, was ich zwar wahrgenommen, aber nicht gleich abrufen konnte. Dies hier sind die exakten Punkte, an denen die drei Opfer gefunden wurden", dabei zeigte er mit einem Bleistift auf die Karte. „Es war die Anordnung, die mich stutzig machte."

„Wie meinst du das?"

„Pass auf! Wenn ich diese Punkte miteinander verbinden würde, hätte ich ein Kreissegment. Das wiederum beweist, dass der Täter die Orte, an denen er seine Opfer drapiert, nach zwei Kriterien auswählt. Zum einen passend zu den Texten, die wir fanden und zum anderen, dass sie sich auf einem imaginären Kreis befinden. Der Kreis ist für ihn eine Metapher. Die Morde nach den Texten der Höllenkreise, die Fundorte auf einem Kreisbogen. Vielleicht ist das eine Nachricht für jemanden. Der Kreis schließt sich."

„Das klingt sehr mystisch, aber wie bringt dich

das weiter?“

„Ich werde den Kreis vervollständigen. Vielleicht kommen wir dann dem Hintergrund auf die Spur, kommen dahinter, was der Mörder vorhat.“

„Du hast doch nur drei Fundorte. Wie willst du denn wissen, wie der Kreis genau aussieht?“

„Dafür brauche ich ja den Zirkel und das Lineal. Wir haben drei Punkte, die ich exakt markiert habe. Ziehe ich nun um jeden Punkt einen Kreis und verbinde die jeweiligen Schnittstellen der Kreise mit einer Geraden, ist der Schnittpunkt der Geraden der Mittelpunkt des großen Kreises. Soweit klar?“

„Wenn du es sagst. Du warst ja in der Schule das Genie.“

„Das ist einfache Geometrie. Du hättest in der Schule gelegentlich mal aufpassen sollen.“

Pieroth nahm den Zirkel, legte die Kreise an, zeichnete die beiden Geraden, steckte den Zirkel in den Schnittpunkt und zog einen Kreis, der genau durch die Fundstellen ging. Dann blieb er wie angewurzelt stehen und starrte auf die Karte.

„Henry, was ist?“

„Der Kreis. Wenn der Fundort des ersten Opfers der Anfang war und er sich im Uhrzeigersinn weiter arbeitet, dann endet der Kreis ziemlich genau in diesem Haus. Hier ist das nördliche Ende.“

„Was?“, Sommer war aufgesprungen. „Du glaubst doch nicht…“

„Das ist keinesfalls abwegig. Die Fakten lassen diesen Schluss durchaus zu, und da ich nicht an Zufälle glaube, denke ich, dass er es auf mich abgesehen hat.“

„Aber warum, um alles in der Welt?“

„Keine Ahnung, aber für mich lässt es eben nur diesen Schluss zu. Ich muss Schumann informieren.“

***

„Nehmen Sie sich nicht zu wichtig“, lachte Schumann, als Pieroth ihm von seiner Entdeckung berichtete, „warum sollte es ein Wahnsinniger gerade auf Sie abgesehen haben?“

„Weil er genau weiß, was er tut. Er hat einen Plan und ich bin das Ziel. Ich weiß nur noch nicht warum.“

„Nehmen Sie es sportlich. Aber ich habe etwas anderes für Sie. Am zweiten und dritten Opfer haben wir schwarze Kunstfasern gefunden. Fremde DNA leider Fehlanzeige.“

„Danke, auch für Ihr Mitgefühl.“

6

Zwei Wochen waren seit dem letzten Mord vergangen. Mühlheim lag immer noch unter einer Hitzeglocke und die Temperaturen kletterten täglich über die dreißig Grad Marke. Das öffentliche Leben erlahmte.

Die Polizei war noch keinen Schritt weitergekommen und in den Medien waren die drei Morde kein Thema mehr. Nur Henry A. Pieroth zermarterte sich noch immer das Gehirn, was seine Person mit dieser Mordserie zu tun haben könnte. Aber er musste sich eingestehen, dass er auch nicht weiter kam und das wurmte ihn ungeheuer. Er wollte nicht wahrhaben, dass ein Serienmörder, ein Verbrecher also, ihm Rätsel aufgab, die er nicht in der Lage war zu lösen.

Frank Sommer war dagegen immer noch der Meinung, dass der Kreis zufällig durch dieses Anwesen führte. Es hätte ja genauso ein anderes Grundstück treffen können, ohne dass die Eigentümer etwas mit den Morden zu tun gehabt hätten.

Henry Pieroth blieb jedoch bei seiner Meinung und durchforstete sein bisheriges Leben, ob er irgendwann einmal irgendwem so auf die Füße getreten war, dass der- oder diejenige ihn so abgrundtief hasste, um ein solches Szenario entwickeln. Seine Suche war jedenfalls bislang nicht von Erfolg gekrönt und er musste sich zähneknirschend eingestehen, dass er es mit einem Gegner auf Augenhöhe zu tun hatte, zumindest fast auf Augenhöhe.

Er ging in die Küche um sich einen Kaffee zu kochen. Dort saß Frank Sommer und las Zeitung.

„Ich habe gerade frischen Kaffee aufgebrüht. So wie du aussiehst, bist du nicht weitergekommen. Du wirst sehen, ich habe recht und es ist nur ein blöder Zufall. In der Zwischenzeit hättest du ein paar schöne Aufträge haben können. Die hätten dich sogar bezahlen können, aber du willst ja nicht."

„Ich nehme keinen Auftrag mehr an, bis ich dieses Schwein habe."

„Wie du meinst."

Sommer widmete sich wieder seiner Lektüre.

„Wie willst du nun weiter vorgehen?", fragte er, ohne den Blick von der Zeitung zu heben.

Pieroth trank einen Schluck Kaffee.

„Wir werden den Resetknopf drücken, wie es bei euch EDV-Leuten so schön heißt. Wir müssen alles noch einmal von vorne durchleuchten. Irgendwo hat er einen Fehler gemacht und den gilt es zu finden."

Er trank seinen Kaffee aus, ging zurück in sein

Büro und betrachtete die Pinnwand. Nach einer Weile nahm er alles ab und ordnete es neu. Dann setzte er sich in seinen Sessel und ging Punkt für Punkt noch einmal durch, was sie bis dato an Informationen hatten. Was hatte er nur übersehen? Es musste etwas geben. Er hatte sich jetzt jahrelang mit dem perfekten Verbrechen befasst und war zu dem Schluss gekommen, dass es das nicht gibt. Und nun sollte es tatsächlich jemanden geben der, außer vielleicht ihm selbst, die Fähigkeiten dazu haben könnte? Das durfte nicht sein. Plötzlich schlug er sich mit der flachen Hand auf die Stirn. Dass er so etwas übersehen konnte.

„Frank!", brüllte er nach seinem Freund, der auch sofort ins Büro stürmte.

„Was gibt's?"

„Ich bin ein Esel."

„Da kann ich dir nicht widersprechen", grinste Sommer, doch Pieroth ignorierte diese Bemerkung.

„Geh bitte nochmal zu den Pfarrämtern und Kirchenarchiven. Erkundige dich, wer in den letzten zwei bis drei Monaten Erkundigungen über Taufen eingeholt hat. Speziell, wer sich für Maria Scholak interessierte. Die werden ja hoffentlich Buch führen. Dann fährst du nach Offenbach und überprüfst, ob es dort, wo Katrin Berger anschaffen ging, Überwachungskameras gibt."

„Und wo ging sie anschaffen?"

„Frag Schumann. Der muss es ja wissen. Wenn du schon mit Schumann sprichst, sag ihm, dass er sich die Aufzeichnungen aus den S-Bahnen besorgen soll, zumindest für die Nacht vor ihrem Tod."

„Woher willst du wissen, dass sie mit der S-Bahn gefahren ist?"

„Hatte sie ein Auto?"

„Nein."

„Na also, dann ist die Wahrscheinlichkeit groß, dass sie mit der S-Bahn gefahren ist. Vom Strich in Offenbach bis nach Mühlheim ist sie bestimmt nicht gelaufen. Vielleicht hat sie ja jemand verfolgt. Dann frag ihn auch gleich, ob sie Sennfelds Auto gefunden haben. In der Akte steht nichts von seinem Wagen und auch nichts von einem Tatort. Irgendwie muss er ja zum Fundort transportiert worden sein, denn dort wurde er nicht getötet, das steht laut Obduktionsbericht fest."

„Ich wusste gar nicht, dass du ihn hast."

„Habe ich vergessen dir zu sagen. Schumann hat ihn letzte Woche per E-Mail geschickt. Die Untersuchung der Zettel hat auch nichts gebracht. Das Papier ist billiges Druckerpapier, wie man es bei jedem Supermarkt bekommt und die Tinte stammt von einem einfachen Filzstift; ebenfalls Dutzendware. So, und zuletzt gehst du nochmal in das Lokal, in dem Sennfeld gegessen hat. Frag nach, ob sie Überwachungskameras haben. Auch für den Parkplatz."

„Wow!", stöhnte Sommer, da bin ich ja eine Woche mit beschäftigt.

„Du könntest schon längst unterwegs sein."

***

Herbert Joost machte seinen allabendlichen Rundgang, wie immer, seit er vor ein paar Jahren den Posten als Filialleiter der Bank bekommen hatte. Zuerst überprüfte er den Kassenraum, ob die Computer heruntergefahren, alle Unterlagen in den Schreibtischen und Schränken verstaut und alle Türen verschlossen waren. Dann schaltete er das Zeitschloss des Tresors und die Alarmanlage ein und verließ die Bank durch die Hintertür, die er auch sorgfältig verschloss.

Er freute sich schon auf den Feierabend im Kreis seiner Familie. Seit sechs Jahren war er nun verheiratet und vor vier Jahren kam seine Tochter Veronika zur Welt. Und um das Glück perfekt zu machen, hatte er vor zwei Jahren, mit einem günstigen Kredit seiner Bank, ein kleines Häuschen gekauft. Herbert Joost war rundum zufrieden mit sich und seinem Leben.

Er betätigte die Funkfernbedienung seines Wagens, verstaute seinen Aktenkoffer auf dem Rücksitz und setzte sich hinter das Steuer. Plötzlich ging die Beifahrertür auf, ein schwarz gekleideter Mann ließ sich auf den Sitz fallen und hielt ihm eine Pistole an den Kopf.

„Fahr los!", zischte der Mann.

Joost wurde es schlecht vor Angst. Sein Herz raste und dicke Schweißperlen bildeten sich auf seiner Stirn.

„Was wollen Sie? Der Tresor ist mit einem Zeitschloss gesichert. Der geht erst morgen früh um acht Uhr wieder auf."

„Das interessiert mich nicht. Fahr los, oder es knallt."

Mit zitternden Händen lenkte Joost den Wagen vom Parkplatz. Schweiß tropfte ihm in die Augen und nahm ihm die Sicht.

„Wohin soll ich fahren?"

„Zum Sportplatz."

Joost sah seinen Entführer irritiert an.

„Sieh nach vorne!", schrie der Mann ihn an.

„Zu welchem Sportplatz?"

„Den in der Anton-Dey-Straße und jetzt halt's Maul und fahr."

Herbert Joost hoffte inständig, dass jemand sehen

möge, was hier vor sich geht und die Polizei alarmiert, aber die Menschen, die im Feierabendverkehr nach Hause eilten, waren zu sehr mit sich selbst beschäftigt. Als er vor dem Rathaus rechts abbog, sah er flehentlich hinüber. Die Polizei zum Greifen nahe und doch konnte ihm niemand helfen.

„Vor der Feuerwehr links den Weg rein. An den Büschen bleibst du stehen und machst den Motor aus."

„Und jetzt? Was wollen Sie von mir?"

„Wir warten."

„Der Mann sieht gar nicht aus, wie ein Verbrecher", dachte Joost, „er hat sich zwar seit ein paar Tagen nicht mehr rasiert, aber sonst machte er einen gepflegten Eindruck."

Langsam war die Dämmerung heraufgezogen. Der Mann hatte sich nicht bewegt, hielt ihm immer noch die Waffe an den Kopf.

„Mach den Motor an und dann fährst du ganz langsam bis vorne zur Ecke", sagte er plötzlich in die Stille und Joost gehorchte.

Der Weg machte einen neunzig Grad Knick nach rechts und er hielt an.

„Motor aus und aussteigen, aber schön langsam."

Joost begann wieder zu schwitzen. Während der langen Wartezeit im Auto hatte er sich etwas beruhigt, doch jetzt hatte er wieder Angst, unglaubliche Angst.

„Noch ein paar Meter“, sagte der Mann als sie an einem Sportplatz mit rotem Asche Belag ankamen, der wohl dem Fußballverein als Trainingsplatz diente.

„Stopp! Heb den Stein auf und dann durch den Zaun. Los, wird's bald!“

Joost blickte vor sich. Er war völlig verwirrt. Das ergab alles keinen Sinn. Vor ihm im Gras lag ein relativ großer Naturstein. Der mochte bestimmt fünfzehn bis zwanzig Kilo wiegen. Mit Mühe hob er ihn auf. Er war es nicht gewohnt schwere Lasten zu tragen. Rechts neben dem massiven Metalltor, das mit einer Kette gesichert wurde, war der Maschendrahtzaun aufgeschnitten. Er zwängte sich mit dem Stein durch den Spalt. Niemand war weit und breit zu sehen.

„Jetzt nach links, bis zum Ende vom Platz. Vorwärts!“

Joost stolperte weiter.

„So, jetzt rüber auf den Rasenplatz. Weiter bis zum Ende.“

Die Kommandos waren laut und militärisch knapp gehalten.

Die Rasensprenger waren bereits abgestellt aber der Rasen noch feucht. Joosts Arme schmerzten und seine Kleidung war völlig durchgeschwitzt. Am liebsten hätte er sich einfach hingelegt und geschlafen. Nach dem Aufwachen wäre dann der böse Traum hoffentlich vorbei.

„Stopp! Stehen bleiben“, befahl der Mann, als sie das Ende des Sportplatzes erreicht hatten.

Eine schwarz behandschuhte Hand drückte Joost die Kehle zu und er ließ den Stein fallen. Dann spürte er noch einen Stich im Hals und sein Körper verkrampfte, zuckte noch einen Moment und seine weit aufgerissenen Augen starrten ins Leere, bevor es langsam dunkel um ihn wurde.

***

Als Sommer am Abend zurück ins Büro kam, war er fertig, aber er hatte zumindest Erfolg gehabt.

„Du hattest wieder einmal den richtigen Riecher. Beim katholischen Pfarramt von St. Markus hat sich jemand tatsächlich nach dem Taufregister erkundigt, und dann nach einer Maria Scholak gefragt.“

„Ich wusste doch, dass er Fehler macht!“, jubelte Pieroth. „Und wer war es?“

„Der Vater, Ernst Scholak.“

„Was? Der weiß doch, dass seine Tochter nicht getauft wurde.“

„Ich habe die Mitarbeiterin im Pfarramt gefragt, ob sie den Mann beschreiben kann, aber sie konnte sich nur undeutlich an ihn erinnern, obwohl es sehr selten vorkommt, dass jemand Einblick ins Taufregister haben möchte. Ihre vage Beschreibung passt jedenfalls nicht auf den biederen Herrn Scholak. Der Mann war groß, ungefähr wie ich, meinte sie. Das wären etwa eins achtzig oder mehr. Er war schmal, fast sportlich und etwa Anfang vierzig. Auffällig war seine dunkle Kleidung. Also der Gegenentwurf zu Marias Vater."

„Das ist doch schon einmal etwas", zeigte sich Pieroth zufrieden, „bei den letzten beiden Opfern hat man schwarze Kunstfasern gefunden. Würde zur dunklen Kleidung des Unbekannten passen."

„Als nächstes hatte ich mit Schumann gesprochen. Er war nicht begeistert, aber er hat mir verraten, wo Katrin Berger anschaffen ging. Um es vorweg zu nehmen, auf dem Straßenstrich gibt es keine Kameras. Nur etwas weiter am Kaiserlei, aber die nutzen uns nichts. Als ich Schumann noch ausrichtete, dass er die Aufzeichnungen aus der S-Bahn auswerten soll, hat er mich angeschnauzt, er brauche keine dahergelaufenen Privatschnüffler, die ihm sagen, wie er seine Arbeit zu machen hat."

„Er wird es trotzdem tun", grinste Pieroth, „er war nur sauer, weil er auf ein Versäumnis aufmerksam gemacht wurde."

„Zuletzt war ich noch in dem Lokal. Die haben sowohl innen, als auch auf dem Parkplatz eine Kamera, aber zeigen wollten sie mir die Aufzeichnungen nicht. Da müsste ich mit einem Schreiben der Staatsanwaltschaft kommen. Ach so, den Wagen von Sennfeld haben sie auch noch nicht gefunden."

„Weil sie nicht danach gesucht haben."

Eine Weile saßen sie sich schweigend gegenüber, dann beugte sich Pieroth nach vorne.

„Hast du Lust auf Schnitzel?"

***

Nach einem üppigen und ausgezeichneten Essen verlangte Pieroth die Chefin zu sprechen und wurde in ein Büro geführt. Als er zwanzig Minuten später wieder zurückkam, hatte er einen rundum zufriedenen Gesichtsausdruck.

„Du strahlst wie ein Honigkuchenpferd. Lässt du einen alten Freund an deiner Freude teilhaben?"

„Ich habe mir die Aufzeichnungen der Kameras angesehen. Sennfeld wurde offenbar hier auf dem Parkplatz umgebracht."

„Wie hast du denn das wieder Hinbekommen? Hast du dich als Oberstaatsanwalt ausgegeben?"

„Ich habe ihr gesagt, dass ich, falls sie mir die Aufzeichnungen nicht zeigt, das Grundstück kaufen werde und eine Bowlingbahn darauf baue."

„Also charmant wie immer."

„Als Sennfeld zu seinem Wagen ging, folgte ihm ein dunkel gekleideter Mann. Der Wagen stand leider in einem Bereich, den die Kamera nicht einsehen kann. Man sieht nur, wie er wegfährt, aber da waren fast zehn Minuten vergangen. Es ist übrigens ein Volvo Kombi, älteres Modell. Der Täter hatte also genug Zeit Sennfeld zu töten, die Leiche in den Kombi zu verfrachten und einfach loszufahren. Der Biergarten war um diese Zeit schon leer. Sonst hätte jemand etwas mitbekommen können."

7

Franz Henning war schon früh auf den Beinen. Er war der Platzwart des Sportzentrums in Mühlheim und musste am Morgen die Tennisplätze wässern, da sie ab dem frühen Nachmittag für mehrere Stunden gebucht waren.

Die Rasenplätze der Fußballer wurden abends gewässert, damit der Rasen bei der anhaltenden Hitze nicht verbrannte. Den Ascheplatz konnte er in den Ferien außer Acht lassen.

Nachdem die Sprenger liefen, blieb er noch einen Moment dabei stehen und blickte über die Anlage. Plötzlich sah er etwas am Ende des großen Rasenplatzes, was dort nicht hingehörte. Das war doch gestern Nachmittag noch nicht da und das Gelände war abgesperrt. Wütend stapfte er los, doch schon nach ein paar Metern stockte er. Das was er dort sah, war ein Mensch. Ein Mann im Anzug.

***

Sommer brachte Pieroth das Telefon ins Büro.

„Schumann will dich sprechen."

„Oh, ist was passiert, oder ist er auf einmal vernünftig geworden?"

„Ich glaube ersteres. Es ist dringend."

„Pieroth, was kann ich für…“

„Verflucht, Sie hatten wohl recht“, unterbrach ihn der Kommissar. „Es gibt schon wieder eine Leiche und die sieht wieder seltsam aus. Könnten Sie bitte herkommen?“

„Wohin genau?“

„Sportgelände an der Anton-Dey-Straße.“

Pieroth gab Sommer das Telefon zurück.

„Er hat *bitte* gesagt.“

„Was ist denn los?“

„Der Herr Kommissar bittet uns zum Tatort zu kommen. Da können wir ja schlecht ablehnen.“

„Die nächste Leiche?“

„Ja, los fahren wir. Sportpark neben der Feuerwehr.“

***

Frank Sommer parkte den Jaguar neben der Einfahrt zum Sportgelände und ein Polizist wies ihnen den Weg. Schumann kam ihnen mit einem griesgrämigen Gesichtsausdruck entgegen und führte Sie zu dem Toten. Der Platz war durch die anhaltende Hitze wieder völlig ausgetrocknet Die Leiche lag in bizarrer Haltung vor ihnen im Strafraum des Fußballplatzes, direkt neben dem Elfmeterpunkt im Gras. Die Markierungen waren nur noch schemenhaft zu erkennen. Der Mann lag auf dem Bauch, sein linker Arm war abgespreizt. Der rechte Arm dagegen war gerade ausgestreckt. Auch alle fünf Finger waren gestreckt. Der Kopf war unnatürlich auf das Kinn aufgestützt, die Augen offen, so, als würde er seinem ausgestreckten Arm nachsehen. Etwa einen halben Meter vor der ausgestreckten Hand lag eine Brieftasche, aus der ein paar Geldscheine herauslugten. Auf seinem Rücken lag ein großer Stein, ein Findling, was das ganze Arrangement noch kurioser aussehen ließ.

„Was sagen Sie, Pieroth? Hat diese Scheiße hier etwas mit den anderen drei Morden zu tun?"

„Sieht fast so aus. Gewissheit haben wir, wenn Sie einen dieser Zettel bei ihm gefunden haben. Sehen Sie doch mal unter seiner rechten Hand nach."

Schumann bat den Gerichtsmediziner nachzusehen, der auch tatsächlich fündig wurde.

„Woher wussten Sie das?"

„Ich wusste es nicht, ich habe es vermutet."

„Und wieso?"

„Weil die ausgestreckte Hand eine Bedeutung hat und er will, dass der Zettel gefunden wird. Darf ich?"

Pieroth faltete den Zettel auseinander.

„Das ist die Bestätigung. Er macht weiter. Der vierte Kreis der Hölle. Hier büßen die Geizigen und die Habgierigen. Sie werden hier von Plutos bewacht."

„Wer ist Plutos?", fragten Schumann und Sommer unisono.

„Das ist eine Figur aus der griechischen Mythologie und bedeutet *Reichtum*. Er hat, wie beim zweiten Opfer, wieder zwei Zitate verwendet:

Von dieser Seit' und jener, unter lautem
Geheule Lasten wälzend mit den Brüsten.

und

Schlecht Geben und schlecht Sparen brachte einst sie
Ums schöne Leben und um diese Kämpfe,
An denen ich kein Wort mehr will verschwenden.

So sollen wir auch das Arrangement des Toten verstehen. Der Mann mit Anzug symbolisiert den Reichen, Gierigen, der Stein die Lasten, welche die Sünder in dieser Hölle wälzen. Der Ausgestreckte Arm mit der vollen Brieftasche, an die er nicht ran kommt, bedeutet, dass Habgier nur die Sucht nach Geld kennt, selbst über den Tod hinaus. Der Täter bezichtigt das Opfer der Habgier."

Ein Kriminaltechniker kam zu ihnen herüber und reichte Schumann einen Plastikbeutel, in dem sich zwei Ausweise befanden.

„Jetzt haben wir auch einen Namen: Herbert Joost und er ist Filialleiter einer Bank in Mühlheim."

„Was hatten Sie neulich noch zu mir gesagt: *Dann haben wir wohl bald einen toten Bänker* - wie recht Sie hatten."

„Es reicht, Pieroth", schnaubte Schumann, „sagen Sie mir lieber, was Sie davon halten. Deswegen sind Sie ja hier. Was will er? Soll das jetzt so weitergehen? Der Presse zerreißt uns in der Luft."

„Wie Sie sich vielleicht entsinnen, hatte ich Ihnen am Telefon meine Theorie mitgeteilt, von der Sie aber nichts wissen wollten."

„Welche Theorie meinen Sie? Die mit dem blöden Kreis?"

„Genau, aber Sie sagten mir ja..."

„Schon gut, schon gut", würgte Schumann ihn ab, „ich weiß, was ich gesagt habe. Erklären Sie es uns halt noch einmal, falls es nicht zu viel verlangt ist."

„Als ich die ersten drei Fundstellen auf einen Stadtplan übertragen hatte, sah ich, dass sie möglicherweise auf einem Kreisbogen lagen. Also habe ich den Radius konstruiert und den Kreis vervollständigt Der Kreis tangiert alle drei Punkte ziemlich genau und führt am Ende mitten durch mein Haus. Es würde mich nicht wundern, wenn diese Stelle hier auch auf diesem Kreis liegt."

„Aber was hat dies alles mit Ihrem Haus, oder mit Ihnen zu tun?"

„Ich weiß es nicht und das beunruhigt mich. Wenn ich diesen Kreis auf den Stadtplan projiziere, hat er hat im Nordosten angefangen und sich bis hierhin, im Südwesten, weitergearbeitet. Wenn die Sache System hat, und davon gehe ich aus, dann ist der neunte Kreis, der Sitz des Satans, im Norden. Mein Haus liegt fast genau im Norden dieses Kreises. Wenn das kein Zufall ist, und an Zufälle glaube ich nicht, dann vergleicht mich jemand mit dem Teufel. Ich habe aber keine Ahnung, warum. Ich habe nie jemandem derart auf die Zehen getreten, dass er mich so hassen könnte. Was mich aber noch mehr stört ist die Tatsache, dass er unschuldige Menschen umbringt, um sein perfides Spiel zu spielen."

„Tja, Pieroth, dann gehen Sie mal in sich. Vielleicht haben Sie ja doch irgendeine Leiche im Keller. Wir bleiben in Kontakt."

„Gut. Ach, Schumann, ich habe da noch etwas für Sie. Der Mann, den Sie suchen, ist etwa vierzig bis fünfundvierzig Jahre alt, etwa eins achtzig bis eins fünfundachtzig groß, schlank bis sportlich und trägt mit Vorliebe dunkle Klamotten. Dass er sich hier bestens auskennt, dürften Sie ja schon bemerkt haben."

„Wo haben Sie denn das her?", fragte der Kommissar erstaunt.

„Ein Mann, auf den diese Beschreibung passt, hat sich im katholischen Pfarramt nach dem Taufregister erkundigt. Speziell dem von Maria Scholak. Er gab sich als ihr Vater aus. Außerdem waren wir so frei und haben uns die Aufzeichnungen der Überwachungskameras aus dem Lokal angesehen, in dem Sennfeld, das dritte Opfer, vor seiner Ermordung gegessen hat. Dort ist er auf dem Parkplatz zu sehen. Sennfeld wurde mit ziemlicher Sicherheit auch dort ermordet. Vielleicht findet die KTU dort noch Spuren. Einen Versuch wäre es wert. Wenn Sie die Aufzeichnungen aus der S-Bahn ansehen, suchen Sie nach dieser Beschreibung. Viel Erfolg."

Pieroth und Sommer gingen zurück zum Wagen und Kommissar Schumann wusste nicht, ob er überrascht, verärgert oder dankbar sein sollte.

„Musst du ihn immer so behandeln?", fragte Sommer seinen Freund.

„Nur so lange, bis er aufhört sich wie ein borniertes Arschloch zu benehmen."

„Er hat dir doch gerade die Hand gereicht…"

„… was ich zur Kenntnis genommen habe."

***

Am späten Nachmittag hatte eine Gruppe radelnder Senioren am Main-Turm in Offenbach-Bürgel Rast gemacht, um sich eine Erfrischung zu gönnen. Hedwig Riemann und ihr Mann Erwin waren die ersten. Mit ihrem Eis setzten sie sich ans Mainufer um sich etwas zu erfrischen. Doch durch die seit Wochen andauernde Hitze führte der Main Niedrigwasser und der Wasserspiegel reicht nicht einmal mehr bis zu ihren Füßen.

„Du Erwin, was ist das denn?“, fragte Frau Riemann plötzlich ihren Mann, nachdem sie genüsslich an ihrem Eis geleckt hatte.

„Was denn?“

„Ei da, links von dir im Wasser.“

„Erwin Riemann stand auf um besser sehen zu können, was seine Frau entdeckt hatte.“

„Das sieht aus wie das Dach von einem Auto. Ob da noch jemand drin sitzt?“

„Dann steh nicht so rum und ruf die Polizei.“

Mittlerweile hatten die anderen der Gruppe auch Wind davon bekommen und drängten sich am Ufer um einen Blick auf den seltsamen Fund werfen zu können. Erst als der herbeigerufene Streifenwagen eintraf, wurden sie zurückgedrängt. Polizeitaucher und ein Bergekran wurden angefordert und Aussagen aufgenommen. Hauptkommissar Schumann, der ja mittlerweile nach zwei verschwundenen Autos suchte, wurde ebenfalls informiert.

Gebannt starrte er auf das, was der Kran nach gut zwei Stunden aus dem Wasser zog. Es war ein dunkelgrüner Volvo Kombi und das Nummernschild war das von Edgar Sennfeld. In unmittelbarer Nähe entdeckten die Taucher ein weiteres Fahrzeug. Unschwer zu erraten, dass dies der Mercedes von Herbert Joost war. Trotzdem wartete er, bis auch dieser Wagen geborgen war. Er wollte sicher sein.

Zurück im Präsidium rief er gleich Pieroth an, um ihn zu informieren. Er tat es immer noch mit einem gewissen Widerwillen, obwohl er eingesehen hatte, dass er ohne diesen seltsamen Privatschnüffler, dessen Gedanken sich wohl in anderen Sphären bewegten, den Fall wohl nie würde aufklären können. Andererseits hatte Pieroth sich ja auch immer kooperativ gezeigt.

„Die Wagen wurden mit offenen Fenstern ins Wasser gefahren. Irgendwelche Spuren oder DNA können wir vergessen. Der Platz ist gut gewählt, da der asphaltierte Weg auch für Autos befahrbar ist und direkt bis ans Wasser führt."

„Hat die Auswertung der Kameraaufzeichnungen aus der S-Bahn etwas gebracht?"

„Die hab ich noch nicht. Ich musste mir erst einen Wisch vom Staatsanwalt besorgen, sonst rückt der

RMV die Daten nicht raus. Ein Kollege holt sie gerade ab. Wie haben Sie das eigentlich mit den Aufzeichnungen in dem Lokal gemacht?“

„Ich habe freundlich gefragt“, lachte Pieroth und legte auf.

Am folgenden Tag überschlugen sich die Schlagzeilen in der Presse.

Neuer Ripper-Mord - Mühlheim in Angst

oder

Serienmörder tötet weiter. Ist unsere Polizei unfähig?

waren nur einige davon.

***

„Schumann, du sollt zum Chef kommen“, empfing ihn sein Kollege, als er vom Kaffeeautomaten zurück ins Büro kam.

„Wieso? Was gibt's denn?“

„Kannst du dir ja denken. Er ist stinksauer.“

„Das auch noch“, dachte Schumann und stapfte zum Büro des Dezernatsleiters.

„Wie soll das weitergehen, Schumann? Wie stellen Sie sich das vor?“, empfing ihn sein Vorgesetzter. „Vier Tote und Sie haben noch keinen Verdächtigen.

Nicht einmal eine winzige Spur. Soll erst ganz Mühlheim ausgerottet werden, bevor Sie etwas finden? Die Presse sitzt mir im Nacken. Haben Sie die Schlagzeilen gelesen? Der Bürgermeister hat mich auch schon angerufen."

„Wir…"

„Unterbrechen Sie mich nicht! Sie haben noch eine Woche. Sollten Sie bis dahin immer noch nichts Greifbares haben, entbinde ich Sie von dem Fall. Dann können Sie von mir aus wieder Streife fahren. Und jetzt raus!"

„Arschloch!", dachte Schumann und schlug die Tür hinter sich zu.

***

Zwei Tage später erhielt Pieroth per E-Mail den Bericht der Gerichtsmedizin und der KTU, sowie den Bericht der toxikologischen Untersuchung. Diesmal war der Fundort auch der Tatort. Dafür haben die Kriminaltechniker genügend Hinweise gefunden. Die Todesursache war, wie bei den anderen drei Opfern auch, eine Überdosis *Methylphenethylamin*. Während bei Maria Scholak das Amphetamin sorgsam in die Vene injiziert wurde, musste bei den anderen drei Opfern die Spritze mit Gewalt seitlich in den Hals gerammt worden sein. Kein schöner Tod, wenn man die Nebenwirkungen dieses Mittels kennt. Dabei fiel ihm jetzt auf, dass die Einstiche immer auf der linken Seite waren. Der Täter ist offenbar Linkshänder.

„Schumann? Pieroth hier. Unser Mann ist offenbar Linkshänder. Alle Einstiche bei den Opfern zwei bis vier sind auf der linken Seite."

„Und wenn er von vorne…"

„Sie vergessen die Lage der Hämatome am Kehlkopf", unterbrach ihn Pieroth, „er kam von hinten."

„Schon gut, Sie haben ja recht", Schumanns Stimme klang müde und erschöpft.

„Ich habe noch etwas für Sie. Der Fundort liegt exakt auf dem Kreis. Er hat den Mann sogar bis zum südlichen Ende des Platzes laufen lassen, damit er genau auf den Kreis kommt. Das Loch im Zaun war ja auf der Nordseite. Bis dann."

Nachdem das Gespräch beendet war, versank Henry Pieroth ins Grübeln. Er musste unbedingt herausfinden, wer solch einen Hass auf ihn haben könnte und warum. Er musste irgendetwas finden. Zum einen machte er sich Sorgen um seine eigene Sicherheit, zum anderen, weil er die nächsten vier Morde verhindern wollte, bevor er dann an der Reihe war. In Gedanken ging er bis in die Schulzeit zurück und arbeitete sich Stück für Stück, Jahr für Jahr nach vorne.

„Hast du keinen Hunger?“

Sommer war hereingekommen und ihn aus seinen Überlegungen geholt. Er hatte gar nicht bemerkt, dass die Dämmerung hereingebrochen war.

„Doch, was gibt's denn?“

„Ich hab uns 'ne Pizza geholt. Ich wollte dich nicht stören.“

„Ist in Ordnung. Ich komme.“

Während des Essens gab er seinem Freund einen kurzen Abriss dessen, was er an neuen Fakten gesammelt hatte.

„... und mir ist niemand eingefallen der mich so hassen könnte, um dieses perfide Spiel zu inszenieren. In der Schule habe ich mal einen Jungen aus der Parallelklasse vermöbelt und später bin ich mal mit der Freundin eines anderen ausgegangen, ohne zu wissen, dass sie schon liiert war.“

Sommer grinste ihn an.

„Doch, ehrlich, das wusste ich nicht. Dafür bringt man ja auch nicht vier unschuldige Menschen um.“

„Und was war nach deinem Uniabschluss?“

„Nichts. Ich hab den alten Kasten meiner Eltern verkauft, das Haus hier gebaut und mich nur noch mit dem perfekten Verbrechen beschäftigt. Aber das weiß ja niemand, außer dir.“

„Bin ich jetzt verdächtig?“

„Blödmann!"

„Was ist denn mit deiner Firma?"

„Was soll damit sein? Die leitet doch eine Anwaltskanzlei, die ich als Treuhänder eingesetzt habe."

„Aber du bist der Eigentümer, zumindest hältst du fünfundsiebzig Prozent. Vielleicht liegt dort dein Ansatz."

„Daran habe ich noch nicht gedacht", meinte Pieroth nachdenklich, „ich bin immer nur von mir persönlich ausgegangen. Da muss ich mal nachhaken. Vielleicht hast du ja recht."

***

Pieroth rief seinen Treuhänder an und orderte die Unterlagen von allen Übernahmen und Sanierungsmaßnahmen der letzten zehn Jahre. Diesen Zeitraum hielt er für ausreichend. Außerdem verlangte er eine Auflistung aller Entlassungen und sonstiger Härtefälle in diesem Zeitrahmen. Der Anwalt, der als Treuhänder fungierte, war zwar überrascht von diesen Anforderungen, wagte es aber nicht nachzufragen. Er versprach alles umgehend zusammenstellen zu lassen und ihm per Kurier zu schicken.

„Nein, ich lasse es abholen. Geben Sie mir bitte Bescheid, wenn Sie alles haben. Danke."

Am Nachmittag des folgenden Tages bekam

Pieroth dann die Nachricht, dass alle gewünschten Papiere zur Abholung bereitlagen. Er gab Sommer die Adresse der Kanzlei, die ihre Büros in einer alten Villa im Frankfurter Westend hatten, und bat ihn, umgehend die Unterlagen abzuholen.

Während Sommer sich durch den einsetzenden Feierabendverkehr kämpfte, ging Pieroth wieder und wieder alle Fakten durch, ohne zählbaren Erfolg. Was mochten die Papiere ans Tageslicht bringen? Brachten sie überhaupt etwas? Er würde es spätestens morgen wissen.

***

Als Sommer knapp drei Stunden später wieder zurück war, brachte er die Unterlagen direkt zu Pieroth ins Büro.

„Scheiß Verkehr und überall Baustellen. Zum Glück hat die Karre eine Klimaanlage“, stöhnte er und warf die Archiv-Box auf den Schreibtisch. „Eine geile Hütte haben deine Anwälte. Die sind bestimmt nicht billig.“

„… aber es sind die besten und jeden Cent wert“, brummte Pieroth, der diese Ausdrucksweise seines Freundes nicht sehr schätzte, und machte sich sofort über die Unterlagen her. Er würde wohl wieder die ganze Nacht durcharbeiten müssen, aber es blieb ihm ja nichts anderes übrig.

Zuerst nahm er sich die Übernahmen vor, die von vorne herein als sanierungsfähig erschienen waren. Alleine davon gab es über fünfzig in den letzten zehn Jahren. Bei einigen gab es auch Härtefälle im Personalbereich. Doch die meisten konnten über Sozialpläne aufgefangen werden. Die Daten derjenigen, wo dies nicht möglich war, oder aus anderen Gründen nicht geklappt hatte, notierte er sich auf ein separates Blatt. So arbeitete er sich durch insgesamt mehr als einhundert Übernahmen. Zuletzt kamen die an die Reihe, bei denen am Ende die Insolvenz und der Verkauf standen. Hier gab es besonders viele Einzelschicksale, die er ausführlich unter die Lupe nahm. Er hatte keine Ahnung gehabt, wie sozial unverträglich das war, was sein Unternehmen da tat, mit dem sie Millionen verdienten. Er hatte sich ja auch nie darum gekümmert.

Zuletzt hatte er eine Liste von fünfzehn Namen, allesamt aus dem Großraum Offenbach, die es besonders hart getroffen hatte. Diese Liste musste er nun sorgfältig abarbeiten. Wenn seine Theorie stimmt, und davon war er natürlich überzeugt, stand der Name des Mörders darauf.

8

Nach vier Wochen brütender Hitze hatte der Ausläufer eines Tiefs über Island die Mitte Deutschlands erreicht und überquerte auch Hessen. Die Temperaturen waren drastisch gefallen und erreichten gerade noch die zwanzig Grad und der angenehm kühle Wind aus Nordost brachte einige Regenschauer mit. Die Natur atmete auf.

Der kleine Sitzungssaal im Offenbacher Amtsgericht war gut gefüllt. Vorwiegend junge Leute, mit den rot-weißen Fanschals ihrer Kickers um den Hals. Während des Verfahrens gegen einen dreiundzwanzigjährigen Mühlheimer, der sich wegen schwerer Körperverletzung und Widerstand gegen die Staatsgewalt verantworten musste, kam es immer wieder zu Missfallenskundgebungen der Zuschauer und der vorsitzende Richter drohte einigen Male mit der Räumung des Gerichtsaals. Der Angeklagte hatte in der abgelaufenen Saison, nach einem Heimspiel von Kickers Offenbach, einem Fan der gegnerischen Mannschaft eine Bierflasche auf den Kopf gehauen und anschließend, bei seiner Festnahme, einen Polizisten erheblich verletzt.

„Im Namen des Volkes ergeht folgendes Urteil:

Der Angeklagte Kevin Müller wird in beiden Anklagepunkten für schuldig befunden. Die Tatsache, dass er noch nicht vorbestraft ist, einen festen Wohnsitz nachweisen kann und einer geregelten Arbeit nachgeht, wurde bei der Bemessung des Strafmaßes berücksichtigt. Der Angeklagte wird zu einer Haftstrafe von einem Jahr und drei Monaten verurteilt. Die Strafe wird zur Bewährung ausgesetzt. Die Zeit der Bewährung wird auf zwei Jahre festgesetzt.

Der Angeklagte hatte das Urteil grinsend zur Kenntnis genommen und wurde vor dem Gerichtsgebäude von seinen Freunden gefeiert.

***

Kevin Müller war schwer betrunken, als er in Mühlheim die S-Bahn verließ. Bis zum späten Abend sind er und einige seiner Freunde noch durch Offenbacher Kneipen gezogen um seinen Freispruch zu feiern, denn für sein doch sehr limitiertes Verständnis war es das. Er konnte nach Hause, er konnte saufen gehen, also war er frei. Als er über den Parkplatz auf der Südseite des Bahnhofs torkelte, stand plötzlich eine schwarz gekleidete Gestalt vor ihm.

„Hey, is was Alder? Gucksu so blöd?", lallte er. Als die dunkle Gestalt keine Regung zeigte, wollte er sich auf sie stürzen. Die schnelle, fließende Bewegung bekam er nicht mit. Er spürte nur einen stechenden Schmerz an seinem rechten Halsansatz und sein Arm war wie gelähmt. Der Mann schob seinen Schlagstock wieder zusammen und steckte ihn ein. Dann trat er hinter Kevin Müller, dessen benebeltes Gehirn gerade noch mitbekam, wie ein schwarzer Handschuh seine Kehle packte. Er spürte einen stechenden Schmerz an seinem Hals. Ein paar Sekunden noch, dann ließ der Mann ihn fallen. Der Körper bäumte sich noch einige Male unter Krämpfen auf, dann war es vorbei. Der Mann sah sich noch kurz um, dann verstaute er die Leiche in einem bereitgestellten Kombi und fuhr davon.

***

Pieroth und Sommer hatten das ganze Wochenende damit verbracht, die Liste abzuarbeiten, den Namen Gesichter zu geben, ihre aktuellen Adressen und derzeitigen Lebenssituationen herauszufinden. Bei einigen war ihnen dies gelungen, aber sie kamen aus verschiedenen Gründen nicht infrage. Entweder hatten sie eine neue Existenz, lebten jetzt im Ausland, oder waren verstorben. Nähere Angaben über die restlichen Namen mussten sie über die Behörden in Erfahrung bringen.

Am Abend kam Sommer zurück und marschierte gleich zu Pieroth ins Büro. Dort ließ er sich schwer in einen Sessel fallen.

„Was hast du herausgefunden?“

„Sechs Namen der Liste sind hier in Mühlheim gemeldet. Zwei davon können wir getrost vergessen.“

„Warum?“

„Der eine, ein Alois Hellmann, ist siebzig und gehbehindert, der andere, Franz Küster, ist seit einem Unfall vor zwei Jahren Querschnittsgelähmt.“

Dann gingen sie die restlichen Namen durch und verglichen sie mit der Akte des Treuhänders.

„…bleibt zuletzt noch ein Peter Niemann, wohnhaft in der Zimmerstraße 69.“

„Gut, dann geben wir die Namen an Schumann weiter. Der soll sie überprüfen.“

Pieroth markierte die vier Adressen mit bunten Stecknadeln auf seinem Stadtplan.

„Komm, wir gehen etwas essen. Mir reicht's für heute. Ich hab keine Lust mehr.“

***

Sommer hatte auf Anweisung seines Freundes ein Funkgerät in dessen Büro installiert, mit dem man den Funkverkehr der Polizei und der Feuerwehr abhören konnte. Das war zwar nicht legal, Pieroth aber völlig *wurscht*, wie er sich ausdrückte.

Als sie gestärkt vom Essen zurückkamen, setzte er sich in seinen Sessel, schaltete das Gerät an, starrte an die Decke, döste vor sich hin und war so in seinen Gedanken versunken, dass er nicht merkte, wie die Stunden verrannen. Plötzlich schnellte er nach vorne und drehte das Gerät lauter. Nachdem die Meldung noch einmal wiederholt wurde, sprang er auf.

„Frank! Frank!"

Sommer kam blinzelnd ins Büro geschlurft.

„Was schreist du so? Ich hab geschlafen. Es ist erst halb vier."

„Zieh dich an, wir müssen los! Sofort!"

„Was ist denn los?", fragte Sommer, als sie im Wagen saßen, den diesmal Pieroth ausnahmsweise fuhr.

„Sie haben wieder einen Toten gefunden. Ich hab's gerade im Funk gehört."

Sein Handy klingelte

„Geh du ran."

Sommer meldete sich und hielt ihm dann das Telefon hin.

„Die Polizei…"

„Sag ihnen, wir sind unterwegs."

„Wo fahren wir eigentlich hin?", fragte Sommer, nachdem er das Gespräch beendet hatte.

„Mainstweg Richtung Naturfreundehaus, direkt an der Bahnstrecke. Ein Anwohner hat die Polizei gerufen, weil es auf einem Feld in der Nähe seines

Hauses brennen würde."

Von weitem sahen sie die blauen Lichter der Streifenwagen und der Feuerwehr. Der Weg war schon auf beiden Seiten abgesperrt. Pieroth begrüßte einen der Polizisten, der sie auch gleich passieren ließ. Kommissar Schumann war noch nicht eingetroffen. Auf einem schmalen Feld bot sich ihnen ein abstruses Bild. In einer größeren Mörtelwanne lag der Körper eines jüngeren Mannes und er war nackt. Arme und Beine ragten über den Rand hinaus. In der Wanne befand sich eine stinkende Flüssigkeit, die bei einigen der Anwesenden Brechreiz hervorrief. Die Wanne war so ausgerichtet, dass der Kopf des Toten nach Norden sah. Vor der Wanne war aus mehreren runden Gefäßen, die mit Öl gefüllt waren, ein Pfeil gebildet worden, der ebenfalls fast genau nach Norden zeigte, und der Pfeil brannte.

„Was ist das denn?", brummte Schumann, der plötzlich hinter Pieroth aufgetaucht war. „Polizeifunk abgehört, was?"

Pieroth zuckte mit den Schultern.

„Zur Beantwortung Ihrer ersten Frage: Das ist der fünfte Kreis."

„Und was stinkt hier so abartig?"

„Ich vermute, er hat Buttersäure ins Wasser geschüttet. Der fünfte Kreis ist der *Stygische Sumpf*. In seinen stinkenden Wassern zerfleischen sich die Zornigen."

„Und was bedeutet der brennende Pfeil?"

„Der Sumpf liegt vor der brennenden Stadt *Dis*, dem sechsten Kreis. Der brennende Pfeil soll wohl dahin zeigen, wo sich *Dis* befindet; wo wir den nächsten Mord erwarten dürfen."

Ein Kriminaltechniker brachte Schumann eine kleine Plastiktüte, in der sich ein Stück Papier befand. Er sah kurz darauf und reichte es an Pieroth weiter.

„Der nächste Zettel."

„Er beschreibt wieder das, was er inszeniert hat:

Sah schlammbedecktes Volk in dieser Lache,
Nackt insgesamt und mit erzürntem Antlitz

Mein Sohn, hier siehst du die Seelen derer,
Die der Zorn besiegte

Wissen Sie, wer er ist?"

„Ja, ein bekannter Schläger aus der Hooligan Szene. Wurde erst gestern Vormittag zu einer Bewährungsstrafe verurteilt."

„Die Zornigen...Haben Sie die Namen bekommen?"

„Ja, wir werden sie überprüfen, aber versprechen

Sie sich nicht zu viel davon."

„Einen Versuch ist es wert. Schönen Tag noch."

„Schön wäre, wenn ich mal Ergebnisse hätte, Pieroth. Mein Chef sitzt mir im Nacken. Wenn ich bis Mitte der Woche nicht liefern kann, bekomme ich den Fall abgenommen und darf Streife fahren."

„Nichts für ungut, Schumann, aber Ihr Chef ist ein Arschloch. Was bildet sich dieser Sesselfurzer eigentlich ein. Man schnippt mit den Fingern, Fall gelöst und noch schnell auf der Pressekonferenz dumm in die Kamera gegrinst? Bleiben Sie ruhig, Sie bekommen ihn."

***

Als sie wieder zurück waren, wollte sich Sommer gleich in sein Bett verkriechen, aber Pieroth zog ihn mit in sein Büro.

„Kann ich mir wenigstens einen Kaffee machen? Sonst schlafe ich im Stehen ein."

„Gute Idee, mach mir bitte auch einen."

„Sehen wir doch einmal, ob eine dieser vier Adressen von der Liste auf dem Kreis liegt", meinte Pieroth, als sie kurz darauf mit ihren Kaffeebechern vor der Karte standen. „Irgendwie müssen wir ja weiterkommen."

Nachdem er die Markierungsnadeln auf der Karte betrachtet hatte, war ihm die Enttäuschung ins Gesicht geschrieben. Nicht eine war auch nur Ansatzweise in der Nähe des Kreisbogens.

„So ein Mist!", schimpfte er. „Geh schlafen, Frank. Im Moment kommen wir ohnehin nicht weiter und es reicht, wenn sich einer die Nacht um die Ohren schlägt."

Nachdem Sommer sich dankbar in sein Bett verkrochen hatte, saß Pieroth noch eine Weile vor seiner Pinnwand, ohne dass ihn irgendetwas erhellen konnte. Und doch hatte er wieder das Gefühl etwas gesehen zu haben, was er aber noch nicht abrufen konnte.

9

Ralf Stukowski war auf dem Heimweg von seiner Skatrunde. Er war beschwingt und gut gelaunt, denn heute Abend war das Glück auf seiner Seite. Er hatte ordentlich gewonnen und getrunken hatte er auch reichlich. Sein Heimweg führte ihn entlang der Ringstraße, vorbei am Schwimmbad. Es war nach Mitternacht und kaum jemand auf den Straßen unterwegs. Irgendwie hatte er das unbestimmte Gefühl nicht alleine zu sein. Stukowski blieb stehen und drehte sich um, aber es war niemand zu sehen. Er schüttelte schmunzelnd den Kopf, steckte sich eine Zigarette an und ging beruhigt weiter. Gerade hatte er den Parkplatz des Schwimmbads passiert. Die Gestalt, die sich aus dem Schatten eines Altkleidercontainers gelöst hatte, bemerkte er nicht. Plötzlich wurde er von hinten an der Kehle gepackt. Er wollte schreien, aber er bekam keinen Ton heraus. Den Stich in seinem Hals hatte Stukowski gerade noch gespürt. Sein Körper bäumte sich in Krämpfen einige Male auf, dann war es vorbei. Ralf Stukowski war tot.

Ein Mann in dunkler Kleidung packte den Toten unter den Armen und schleifte ihn hinunter auf den Parkplatz zu einem Auto. Dann verstaute er die Leiche im Kofferraum und fuhr davon. Niemand von den Anwohnern gegenüber hatte etwas bemerkt.

***

Henry Pieroth sah schlimm, oder eher noch bemitleidenswert aus. Es war nun schon die zweite Nacht, die er statt zu schlafen, vor seiner Pinnwand verbrachte und sich das Hirn zermarterte, was er übersehen haben könnte. Er hatte das Funkgerät angestellt, damit ihn das Geplärre des Funkverkehrs wach halten sollte. Sommer hatte anfangs noch versucht mitzuhalten, es aber vor ein paar Stunden aufgegeben und war zu Bett gegangen.

Plötzlich stutze er. Konnte das wirklich so einfach sein? Er verglich noch einmal die Adressen mit seinem Kreiskonstrukt.

„Verdammt, warum bin ich nicht früher darauf gekommen?“

Er rieb sich die Augen und zog sein Jackett an. Ab jetzt musste er besonders vorsichtig sein und für alle Eventualitäten gewappnet. Er nahm seine *Ortgies* Pistole aus der Schublade. Diese 1922 hergestellte, kleine Pistole, Kaliber 6,35 und mit Handballensicherung, war neben dem A in seinem Namen, auch ein Erbstück seines Großvaters. Pieroth hatte keine Ahnung, ob diese Antiquität noch funktioniert, aber er schob das kleine, sechsschüssige Magazin unten in den Griff und steckte die Waffe ein. Zur Sicherheit, denn man kann ja nie wissen…

Er hatte die Türklinke schon in der Hand, als er wie angewurzelt stehen blieb. Aus seinem Funkgerät kam eine Meldung, die ihn zum Umdenken zwang.

„Frank!“, brüllte Pieroth im weitläufigen Foyer des Hauses. „Frank! Beeil dich und bring deinen Spielzeugkoffer mit!“

„Was ist denn los?“, murmelte ein völlig verschlafener Frank Sommer, als er kurz darauf auf der Treppe erschien.

„Erzähle ich die unterwegs. Hast du alles dabei?“

„Ja, aber wofür denn?“

„Erfährst du alles noch. Jetzt müssen wir schnellstens zum Friedhof.“

„Was wollen wir morgens um zwei auf dem Friedhof? Bist du jetzt unter die *Goths* gegangen?“

„Quatsch! Anwohner haben der Feuerwehr gemeldet, dass es auf dem Friedhof brennen würde und ich glaube zu wissen, warum.“

„Oh nein, nicht schon wieder.“

Pieroth ließ den Wagen auf dem Parkstreifen stehen und rannte los. Jetzt waren auch die Sirenen der Feuerwehr zu hören. Das Eingangstor war aufgebrochen und nur angelehnt.

„Es muss in der Südwest-Ecke sein“, rief er Sommer zu und suchte sich im Schein der Taschenlampe seinen Weg. Jetzt konnte er schon den Geruch von brennendem Öl war nehmen. Dann, in der hintersten Ecke sah er kleinere Feuer, die in einem Rechteck angeordnet waren.

„Was ist das denn?“, fragte Sommer außer Atem, als er zu Pieroth aufgeschlossen hatte.

„Das, mein Freund, ist die Inszenierung des sechsten Kreises. Hier liegen die Ketzer und die, von der Kirche verstoßenen, in ihren *feurigen Grüften*. Sehen wir nach, wer in dem Loch liegt. Ich gehe jedenfalls davon aus, dass jemand darin liegt.“

Hinter den beiden wurde es laut. Die Feuerwehrmänner riefen sich Kommandos zu und schleppten Gerät heran.

„Halte sie auf!“, rief Pieroth seinem Freund zu. „Ich verständige Schumann.“

In einem frisch ausgeschachteten Grab lag ein etwa fünfzigjähriger Mann auf dem Bauch. Um das Loch herum brannten kleinere Feuer in, mit Öl gefüllten Metallgefäßen. Nach einem Zettel mit Text brauchten sie diesmal nicht zu suchen. Hinter dem Grab steckte ein Holzkreuz in der Erde, was der Täter wohl aus einer anderen Grabstätte herausgerissen hatte. Auf diesem Kreuz war ein Stück Papier mit einer roten Markierungsnadel befestigt.

Denn zwischen diesen Särgen waren Flammen
Verstreut, durch welche sie so ganz erglühten,
Dass keine Kunst mehr von dem Eisen fordert.

Hier sind die Irrtumstifter
Mit ihren Jüngern, aller Sekten, und wohl
Mehr als du glaubst, beladen sind die Gräber;

„Schumann, na endlich! Kommen Sie bitte gleich zum Friedhof nach Mühlheim; Südwest-Ecke. Der sechste Kreis. Dieser Punkt liegt fast genau auf dem Kreisbogen. Welchen Friedhof? Den an der Bieberer Straße. Sommer und ich müssen jetzt los, aber das hier ist auch nicht mehr relevant. Ich weiß jetzt, wer es ist. Alles weiter später."

„Pieroth! Keine Alleingänge! Hören Sie?"

Aber da hatte Pieroth das Gespräch schon beendet.

***

„Stell das Auto irgendwo in einer Seitenstraße ab. Du weißt Bescheid?"

„Ja, und es funktioniert auch alles bestens."

„Gut, dann los."

Pieroth hatte einen Gehstock aus dem Kofferraum genommen, überquerte die Friedensstraße und spazierte jetzt langsam an der Südseite des Bürgerparks entlang. An der Rodau bog er nach links ab. Ein paar Meter weiter standen eine Bank und schräg dahinter zwei kleinere Bäume. Er setzte sich und stütze seine Hände auf den Gehstock, dessen oberes Ende ein schwerer, silberner Löwenkopf zierte. Diesen Stock hatte er vor längerer Zeit bei einem Antiquitätenhändler erstanden und ihn dann im Kofferraum vergessen.

Es waren mittlerweile fünfzehn Minuten vergangen, ohne dass etwas Nennenswertes geschehen wäre. Doch dann…

„Guten Abend, Herr Niemann. Schön, dass Sie es doch noch einrichten konnten. Bleiben Sie dort stehen."

Pieroth hatte sich erhoben und wandte sich um. Zwischen den beiden kleinen Bäumen stand ein Mann in schwarzer Hose und schwarzem Kapuzenpulli. Der Mann streifte die Kapuze herunter und sah ihn an.

„Ich wusste, dass Sie kommen würden. Sie kamen mir bei jedem Kreis ein Stück näher. Wie haben Sie es herausgefunden?"

„Da ich davon ausging, dass der neunte Kreis für mich vorgesehen war, habe ich mir eine Liste mit Namen von Mitarbeitern und Inhabern insolventer

Firmen erstellt, die von meinem Unternehmen übernommen wurden. Weiter ging ich davon aus, dass dieses Kreiskonstrukt etwas zu bedeuten hat, mir etwas mitteilen soll. Anfänglich bin ich von fixen Punkten auf dem Kreisbogen ausgegangen, aber da keine Adresse darauf passte, musste es etwas anderes sein. Um Ihren Kreis zu rekonstruieren, benötigte ich ja zwei Geraden, deren Schnittpunkt hier im Grünen liegt und wieder keine Adresse markiert. Als ich aber die letzten vier Adressen noch einmal auf dem Stadtplan markierte, sah ich, dass Ihre direkt auf einer der Geraden lag und die Gerade wie ein Pfeil zu diesem Punkt hier zeigt, dem Schnittpunkt. Sie haben diesen Punkt für Ihren Showdown gewählt, nicht wahr?"

Niemann klatschte in die Hände.

„Sehr gut. Da Sie sich hier stellen, retten Sie zwei Leben, aber nicht ihres, das gehört mir."

„…sprach der Teufel. Es ist aus, Niemann."

„Ja, mit Ihnen."

Pieroth sah in Niemanns linker Hand plötzlich eine große Kanüle mit einer dicken Nadel, wie Veterinäre sie zum Betäuben von großen Tieren verwenden. Niemann hob die Hand und sprang auf seinen verhassten Gegner zu, um ihm die Spritze in den Hals zu jagen, um ihn ein für alle Mal zu vernichten.

Pieroth sah den Angriff kommen und schlug den silbernen Löwenkopf seines Stocks mit aller Kraft auf Niemanns Unterarm. Der schrie vor Schmerz und Enttäuschung laut auf. Als er sich nach der Spritze bücken wollte, bekam er noch einen Schlag gegen den Kopf, der ihn für ein paar Sekunden außer Gefecht setzte. Doch die Wut und das Adrenalin verliehen dem Mann neue Kräfte. Mühsam rappelte er sich auf und eine schmerzverzerrte, blutige Fratze starrte Pieroth an. Niemann zog ein Messer aus der Tasche und taumelte auf ihn zu.

„Das würde ich nicht tun", sagte Pieroth ruhig und hob seine kleine Pistole.

Da knickte Niemann ein und fiel auf die Knie. Er hatte verloren.

„Verraten Sie mir noch eins, Sie Bastard, wie konnten Sie wissen, dass ich vorhin hinter Ihnen war? Das konnten Sie nicht gehört haben."

„Gerne. Ich gehe ja nicht unvorbereitet zu solch einem Treffen. Sehen Sie, es gibt da so schöne, kleine, drahtlose Funkgeräte. Die stöpselt man einfach ins Ohr und keiner sieht sie. Mein lieber Freund Frank Sommer, der sich dort hinter den Büschen postierte, gab mir jeden Ihrer Schritte durch. Daher wusste ich auch, wann Sie nahe genug waren. Jetzt liegen Sie im Mittelpunkt Ihres Kreises und sind fertig. Aber *quid pro quo,* woher wussten Sie, dass ich hier bin?"

„Ich konnte diese Bank von meinem Dachfenster aus beobachten. Ich musste nur warten."

„Das war aber jetzt zu einfach", dachte Pieroth enttäuscht.

Niemann hatte sich auf die Seite gelegt und gab keinen Ton mehr von sich.

„Schumann und ein Rettungswagen sind gleich hier", rief Sommer, der jetzt über die Wiese spaziert kam. „Endlich ist der Alptraum vorbei."

10

Der Verhörraum des Kommissariats war in grelles, kaltes Licht getaucht. An einem Tisch in der Mitte des Raums saßen zwei Männer. Einer davon war Hauptkommissar Schumann, der andere Peter Niemann, der die Stadt wochenlang in Atem hielt und so viele unschuldige Menschen kaltblütig und brutal ermordet hatte. Seitlich auf der Stirn trug er ein großes Pflaster und den eingegipsten linken Arm in einer Schlinge.

In einer Ecke des Raums, die von dem grellen Licht der Deckenlampe nicht mehr erreicht wurde, saß Henry Pieroth auf einem Stuhl. Er sah beinahe unbeteiligt aus, dabei hätte sein Gesicht doch eigentlich Freude und Genugtuung ausdrücken müssen, nachdem der langgesuchte Mörder endlich gefasst war. Da er maßgeblich an der Aufklärung dieses bizarren Falles beteiligt war, hatte Hauptkommissar Schumann gestattet, dass er beim Verhör anwesend sein durfte. Frank Sommer war zusammen mit einem Oberkommissar und dem Staatsanwalt im Nebenraum, in dem das Verhör in Bild und Ton aufgezeichnet wurde.

„Es ist zehn Uhr fünfzehn. Verhör des Tatverdächtigen Peter Niemann. Außer dem Beschuldigten sind noch anwesend: Hauptkommissar Schumann und Henry Pieroth. Herr Niemann, nennen Sie Ihren Namen, Ihr Alter und Ihre Adresse für das Verhörprotokoll."

„Habt ihr doch alles schon."

„Noch einmal bitte fürs Protokoll."

„Na schön. Peter Niemann, vierundvierzig, Zimmerstraße 69 in Mühlheim."

„Nachdem die Formalitäten erledigt sind können wir beginnen. Sie geben zu, sechs Menschen brutal ermordet zu haben?"

„Ich habe sie ihrer Bestimmung zugeführt."

Niemanns Stimme war ruhig und leise.

„Sie haben sie getötet."

„Ja, das ließ sich nicht vermeiden. Das musste sein."

„Warum haben sie diese Menschen getötet?"

Man merkte Kommissar Schumann an, dass er um seine Beherrschung kämpfen musste. Am liebsten wäre er diesem Monster an den Kragen gegangen um so lange auf ihn einzuschlagen, bis er sich nicht mehr rührte.

„Ich brauchte sie für meinen Kreis. Außerdem haben sie es auch nicht anders verdient. Sie waren Abschaum der Gesellschaft. Außer der kleinen Maria.

Die tat mir leid, aber ich musste es tun. Ich brauchte eine unschuldige Seele."

„Deswegen haben Sie das Mädchen auch so hergerichtet?"

„Ja, das Kleid und der Rosenkranz sollten Zeichen ihrer Reinheit sein. Aber die anderen waren nur unnütze Parasiten. Die haben bekommen, was sie verdienten."

„Wie haben Sie Ihre Opfer ausgewählt? Das war doch bestimmt kein Zufall, oder?"

„Das wissen Sie doch, ich habe sie passend zu den Höllenkreisen ausgewählt."

„Dazu kommen wir noch. Ich meine, wie haben Sie die passenden Opfer gefunden?"

„Da zu den unschuldig Verdammten auch die ungetauften Seelen gehören, habe ich angefangen in meiner näheren Umgebung, so rund um den Bürgerpark, zu suchen. Die Kirchenregister waren dabei sehr hilfreich. Ich habe Maria eine Weile beobachtet. Eines Abends habe ich sie abgepasst. Ich habe sie vorher betäubt, damit sie nicht leiden muss."

Schumann konnte seinen Zorn kaum noch unterdrücken. Dieser Kerl schilderte den Mord an einem jungen Mädchen, als wenn er unvermeidbar gewesen wäre und obendrein betrachtet er die Betäubung noch als Gnadenakt.

„Opfer Nummer zwei."

„Diese billige Nutte. Sie haben sie doch gesehen."

„Wie sind Sie an dieses Opfer gekommen?"

„Erst habe ich nach aktuellen Scheidungen wegen Untreue in Mühlheim gesucht. Es standen aber keine an und es musste ja weitergehen. Da bin ich ein paar Tage lang den Straßenstrich in Offenbach entlanggefahren. Dort habe ich diese Nutte dann gesehen. Ich hatte sie vorher schon ein oder zweimal bei Aldi gesehen. Die hat dann gepasst. Ich habe mein Auto in einer Seitenstraße abgestellt und bin ihr gefolgt. Am nächsten Tag habe ich mein Auto auf dem Parkplatz am Bahnhof in Mühlheim abgestellt, bin dann mit der Bahn nach Offenbach gefahren und gewartet bis sie Feierabend machte. Ich bin ihr mit der S-Bahn zurück bis nach Mühlheim gefolgt. Den Rest kennen Sie ja."

Schumann wischte sich mit einem Taschentuch den Schweiß aus dem Gesicht. Er brauchte dringend eine Pause.

„Kurze Unterbrechung. Kommissar Schumann und Herr Pieroth verlassen den Raum."

Der Kommissar stapfte wütend in sein Büro und riss den Kühlschrank auf.

„Auch eine Cola?", fragte er Pieroth, der ihm gefolgt war.

„Ein Wasser wäre mir lieber."

„Gibt's nicht. Nur Cola."

„Gut, dann nehme ich eine. Vielen Dank."

Schumann hielt sich die eiskalte Dose an beide Schläfen, bevor er sie öffnete und fast in einem Zug austrank.

„Ich könnte dieses Schwein erwürgen", fluchte er und warf die leere Getränkedose wütend in den Papierkorb.

„Ich weiß, das geht mir auch so, aber nehmen Sie sich zusammen. Wenn Sie dem Kerl eine in die Fresse hauen, was er verdient hätte, wird er vor Gericht zum Opfer und bekommt noch mildernde Umstände. Sie kennen doch unser Rechtssystem. Sie müssen sich ja auch erst erschießen lassen, bevor Sie zurückschießen dürfen, oder?"

„Scheiße! Sie haben ja recht. Also machen wir weiter. Je früher ich den Kerl aus den Augen habe, umso besser."

***

„Es ist zehn Uhr einundvierzig, das Verhör wird fortgesetzt. Kommen wir zum Opfer Nummer drei."

„Ich war einmal in diesem Lokal, das ja Werbung für seine riesigen Portionen macht, etwas essen. Dabei sah ich einen fetten Mann, der nicht aß, sondern fraß. Ich bin dann am nächsten Abend wieder hin um zu sehen, ob er wieder da war. Er war da und fraß zwei riesige Portionen. Dazu schüttete er jede Menge Bier und Schnaps in sich hinein. Der passte genau in die dritte Hölle. Ich habe ihn dann an seinem Auto abgepasst. Der Rest war einfach. Der war zu besoffen, um etwas zu merken. Ich habe ihn dann in seinem Auto zu der Wiese gefahren, wo sie ihn gefunden haben. Weiter oben ist eine Koppel, da habe ich ein bisschen Pferdemist geklaut, um ihn passend herzurichten. Dann habe ich das Auto im Main versenkt."

„Bevor wir zu den anderen drei Opfern kommen, würden wir gerne wissen, warum Sie das alles getan haben. Und warum diese Inszenierung nach diesem alten Buch?"

Niemanns Körper straffte sich. Er hob seinen Kopf und zeigte mit ausgestrecktem Arm auf Henry Pieroth, der immer noch ohne Regung in seiner Ecke saß.

„Der ist daran schuld! Er alleine hat das zu verantworten!"

„Der Beschuldigte zeigt auf den anwesenden Henry Pieroth."

„Der hat mich und mein Leben ruiniert und jetzt sollte er dafür büßen."

„Können Sie uns das näher erklären?"

„Das wisst ihr doch alles bestimmt schon. Ich hatte vor ein paar Jahren ein Startup Unternehmen. Einen Internet Lieferservice. Die Idee war hervorragend und es lief ganz gut. Die Bank gab mir auch bereitwillig einen Kredit zur Expansion. Ich hatte zuletzt einundzwanzig Mitarbeiter."

Er machte eine Pause und senkte den Kopf.

„Ich hätte nur eine finanzielle Spritze gebraucht, dann wäre ich wieder oben gewesen. Nur ein oder zwei Millionen. Ist doch für die Bank oder *sein* Unternehmen eine Kleinigkeit. Aber nein, die Bank gab mir kein Geld mehr. Im Gegenteil, sie haben mir den Kredit auch noch gekündigt. Ich musste in die Insolvenz und wurde noch wegen Insolvenzverschleppung vor Gericht gestellt. Dann kam seine Firma, kaufte mein Unternehmen, mein Lebenswerk, als Insolvenzmasse auf und machte es platt. Ich bekam eine Bewährungsstrafe und hatte nichts mehr. Meine Firma weg, mein Haus unter dem Hammer und meine Frau hat mich verlassen. Mein Leben war ein Trümmerhaufen. Ich musste mich beschäftigen um nicht zu krepieren, also bin ich in die Bücherei der St. Lucia Gemeinde in Lämmerspiel. Da kann man ohne Gebühren Bücher ausleihen. So las ich eines Tages die göttliche Komödie von Dante. Dieses Buch ist besser als die Bibel. Das Böse bekommt, was es verdient und hier werden Namen genannt. Politiker, Kaiser und Könige, Geistliche, sogar einen Papst trifft Dante in der Hölle. Da wurde mir klar, dass ich dieses Szenario nutzen musste, um diesen Teufel dort drüben dahin zu schicken, wo er hingehört; in die Hölle."

„Und dafür mussten so viele Menschen sterben? Warum so viele vorher, wenn Sie es doch eigentlich nur auf Herrn Pieroth abgesehen hatten?"

„Bis auf Maria waren sie nichts wert und ich benötigte sie für meine Inszenierung. Betrachten Sie es als Kollateralschaden."

Pieroth hatte gemerkt, wie sich der Kommissar spannte. Gleich würde er seinem Gegenüber an die Kehle springen, was bei dieser Aussage nicht verwunderlich gewesen wäre.

„Schumann!"

„Ist gut, alles in Ordnung."

„Ich wusste, dass der da irgendwann auf den Sinn des Kreises kommen würde. Er sollte wissen, wann er dran ist. Es sollte ihm Angst machen. Er hat mein Leben zerstört; er hat mich getötet. Dafür sollte er im Höllenloch schmoren."

„Was ist mit den anderen Opfern?"

„Alles Abschaum, habe ich doch schon gesagt. Am schlimmsten war der Vierte. Das war der Bänker, der mir den neuen Kredit verweigert und dann den alten gekündigt hat. Er selbst hat sich aber mit einem Kredit seiner Bank ein Haus gekauft. Finden Sie das gerecht?"

„Das steht hier nicht zur Debatte. Weiter."

„Den nächsten hatte ich aus der Zeitung. Ein brutaler Schläger, der auf alles und jeden losgegangen ist, der ihm nicht passte. Als ich las, dass er vor Gericht steht, brauchte ich nur noch warten. Mehr wie eine Bewährungsstrafe bekommt so einer doch ohnehin nicht."

„Wann haben Sie ihn denn zu diesem Fundort gebracht? Dort wohnen ja auch Leute in der Nähe."

„Ich habe ihn nachts dahin gebracht. Ich konnte mit dem Auto direkt bis vor das Feld fahren."

„Und die Wanne, die Gefäße mit dem brennenden Öl, die Buttersäure?"

„Die Wanne und die Töpfe hatte ich schon einen Tag vorher dort in einem Gebüsch deponiert. War halt ein Risiko. Das Öl und die Säure hatte ich im Auto."

„Kommen wir zu Ihrem letzten Opfer? Was hat der Mann getan?"

„Die sechste Hölle ist die der Ketzer, als brauchte ich jemanden, der wider die Kirche sprach. Ich informierte mich, wer hier zuletzt aus der Kirche ausgetreten war und so hatte ich ihn."

„Noch eine letzte Frage: Woher hatten Sie das ganze Amphetamin?"

„Aus dem Darknet", lachte Niemann, „da bekommen Sie alles."

„Und womit haben Sie das Zeug bezahlt? Das ist ja nicht gerade billig."

„Als mein Plan stand, hab ich hier und da mal einen Job angenommen; schwarz versteht sich. Mit meinem Hartz IV Almosen wäre das ja nicht durchführbar gewesen."

„Herr Niemann, ich nehme Sie fest wegen sechsfachen Mordes. Sie werden dem Haftrichter vorgeführt."

„Schade, dass ich es nicht bis zu dem da geschafft habe und er noch lebt."

Pieroth beugte sich leicht vor, damit Niemann sein Gesicht besser sehen konnte.

„Wie konnten Sie wissen, dass ich zu der Bank kommen würde und wann?"

„Ich wusste, dass Sie irgendwann auf die Sache mit dem Kreis kommen würden. Ich habe Sie beobachtet. Als mir klar war, dass Sie dahinter gekommen sind, war es ja nur noch eine Frage der Zeit, wann Sie die Mitte des Kreises finden würden. Von meiner Dachwohnung aus, konnte ich ja die Bank einsehen und musste nur warten. Beinahe hätte es auch geklappt. Dann hätte ich den Kreis nicht vollenden müssen."

„Den können Sie glücklicherweise auch so nicht mehr vollenden. Herr Niemann, das was Sie getan haben ist widerwärtig, abscheulich und nicht entschuldbar. Ihre Situation haben sie selbst zu verantworten. Ich bin zwar Mehrheitseigner, aber ich leite dieses Unternehmen nicht. Das macht ein Treuhänder. Ergo wusste ich auch nichts von Ihrer Firma. Als ich herausfand wer Sie sind und was Sie vorhatten, habe ich mir die Unterlagen besorgt und geprüft. Ihr Startup war eine recht gute Idee, aber Sie haben es verpasst, auf den Markt zu reagieren, die Entwicklung verpasst. Sie haben kein Patent auf diese Idee, die andere aufgegriffen und weiterentwickelt haben. Die hatten ein besseres Marketing und haben Sie überholt. Einfach eine tolle Idee haben, eine Firma gründen und sich zurücklehnen wenn es läuft, funktioniert nicht. Ihre Firma war schon vor der Insolvenz mausetot. Sie haben diese Pleite selbst zu verantworten und niemand anders. Dass unsere Firma Ihr Unternehmen übernahm, war nur eine Gefälligkeit gegenüber dem Insolvenzverwalter um so etwas wie einen Sozialplan für Ihre Mitarbeiter aufstellen zu können. Wir haben damit absolut nichts verdient.

Sie alleine sind schuld!“

Pieroth stand auf und verließ den Verhörraum. Schumann beendete das Verhör, übergab den Häftling an einen Kollegen und folgte ihm.

„Ich könnte kotzen!“, brüllte Schumann, als sie in seinem Büro saßen.

„Kann ich verstehen, ich auch. Das Schlimme ist nur, dass der Richter bei dieser Geschichte ein psychiatrisches Gutachten verlangen wird. Irgend so ein weltfremder Sigmund Freud Ersatz spricht ihm dann eine psychische Störung und verminderte Schuldfähigkeit zu und der Richter schickt ihn für zehn Jahre in eine Anstalt, wo er nach drei Jahren wegen guter Sozialprognosen Freigänger und nach fünf Jahren entlassen wird. Was für ein scheiß Rechtssystem haben wir hier?“

„Ich weiß, Pieroth“, seufzte der Kommissar, „wir reißen uns den Arsch auf um solche Verbrecher zu fangen und die Rechtsverdreher lassen sie wieder laufen. Manchmal würde ich den Job am liebsten an den Nagel hängen.“

„Ich hab immer einen Job für Sie frei. Überlegen Sie es sich.“

Schumann musste lachen.

„Vielleicht komme ich irgendwann darauf zurück. Machen Sie es gut, Pieroth…und danke.“

***

Pieroth hatte direkt nach Niemanns Festnahme Ernst Scholak aufgesucht um ihm mitzuteilen, dass der Mörder seiner Tochter endlich gefasst war. Die Erleichterung war dem Mann anzusehen. Er bedankte sich überschwänglich und schob Pieroth eine kleine Blechkiste zu, die er zuvor aus dem Schrank geholt hatte.

„Bitte nehmen Sie. Das ist alles, was ich habe."

„Nein danke, Herr Scholak. Behalten Sie es", hatte er erwidert. „Es war mir eine Herzensangelegenheit den Fall zu lösen."

Am Abend saßen er und Sommer im Garten bei einem kühlen Bier und sahen zu, wie die Sonne langsam jenseits des Mains unterging. Sie hatte ihren ersten Fall gelöst, aber richtige Freude mochte darüber nicht aufkommen. Es war zu viel geschehen, in den letzten Wochen. In der Öffentlichkeit wird sich bald der Mantel des Vergessens über diesen Fall legen. Die Menschen vergessen schnell.

Pieroth trank einen Schluck und lehnte sich zurück. Das Bild Maria Scholaks auf dem Tatortfoto wird *ihn* jedenfalls so schnell nicht wieder loslassen.

Epilog

Ich habe die Lokalitäten so genau wie möglich beschrieben, ohne jedoch einen Bezug zu tatsächlich dort lebenden und arbeitenden Personen herzustellen. Deshalb habe ich mich auch genauerer Adressangaben enthalten. Bei der Adresse des Täters gibt es nur die Straße, nicht aber die Hausnummer, die auch nicht zur Lage des Hauses im Roman passt. Diese Freiheit habe ich mir genommen, um niemanden zu kompromittieren, der tatsächlich dort wohnt. Ich hoffe, dass mir dies gelungen ist.

***

Es gibt zahlreiche Übersetzungen der Göttlichen Komödie (La Divina Commedia) von Dante Alighieri, die teilweise stark voneinander abweichen.

Die im Buch verwendeten Zitate stammen ausschließlich aus der Übersetzung von Philalethes.

Und hier noch der übliche Spruch:

Die Handlung und alle handelnden Personen sind frei erfunden. Übereinstimmungen mit tatsächlich existierenden Personen oder Ereignissen, wären rein zufällig.

Volker Jochim
im tredition Verlag

Gib mir das Gefühl zurück
Novelle / September 2015

Ein Mann erfährt bei einem Besuch seiner Heimatstadt vom Tod seines Jugendfreundes, mit dem er auch in der 68er Bewegung aktiv war, bevor sich ihre Lebenswege trennten. Überrascht davon, wie sich sein Freund von einem überzeugten Kommunisten zu einem Unternehmer wandelte, arbeitet er, zusammen mit der Witwe seines Freundes, die Vergangenheit auf.

Auf einfühlsame und doch unterhaltsame Weise, wird hier der 68er Generation ein Spiegel vorgehalten.

Nied Blues

Ein Frankfurt Krimi / September 2015

Die Nacht zu Fastnachtssamstag. Eine schwarz gekleidete Gestalt mit einem auffallend weißen Gesicht eilt durch den Nebel, der von Main und Nidda kommend, in die Straßen des Frankfurter Stadtteils Nied zieht. Kurz darauf wird diese Gestalt auf der Treppe an der Wörthspitze ermordet aufgefunden. Kommissar Keller, ein kauziger, wortkarger Mann, der wegen seiner unkonventionellen Methoden bei seinem Dezernatsleiter schon lange in Ungnade gefallen ist, muss mit den Ermittlungen beginnen, bekommt den Fall am nächsten Tag aber wieder entzogen. Ein junger Hauptkommissar übernimmt und präsentiert kurz darauf einen Verdächtigen - einen Künstler, der die Tote als letzter gesehen hatte. Heimlich ermittelt Keller mit seinem Assistenten Petersen weiter und kommt zu dem Schluss, dass das Motiv dieses Mordes weit in die Zeit des zweiten Weltkrieges zurückreicht. Der Fall nimmt eine für alle völlig überraschende Wendung.

Ein spannender Frankfurt Krimi mit historischem Hintergrund.

Kommissar Mareks trügerische Idylle

Kommissar Marek wandert aus

Mareks erster Fall

Neuauflage / März 2016

Kriminalhauptkommissar Robert Marek vom Morddezernat der Kripo in Frankfurt/Main ist wegen seiner unkonventionellen Methoden bei Kollegen und Vorgesetzten nicht gut gelitten. Aufgrund seiner überdurchschnittlichen Aufklärungsquote soll er auch noch zum BKA versetzt werden, was er jedoch auf jeden Fall verhindern will. Er nimmt Urlaub und fährt mit seinem alten 2CV nach Caorle, einer historischen Kleinstadt im Veneto. Dort hofft er, eine Lösung seines Problems zu finden. Er lernt die attraktive Journalistin Silvana kennen, die ihn überredet, sich vorzeitig pensionieren zu lassen und nach Caorle zu ziehen. Sie besorgt ihm eine Wohnung und im Herbst des gleichen Jahres zieht er nach Italien.

Im Frühsommer des folgenden Jahres entdeckt Marek eine eigenartig über den Rand eines Müllcontainers drapierte Leiche. Bei der Aufnahme der Zeugenaussage lernt er den jungen Brigadiere Ghetti der örtlichen Carabinieri kennen und bietet ihm seine Hilfe bei der Aufklärung des Falles an, die der junge Mann gerne annimmt.
Nach zwei weiteren brutalen Morden scheint der Fall zu eskalieren. Sie stehen vor einem Sumpf aus Behördenkorruption und groß angelegten Grundstücksspekulationen, bis es ihnen gelingt, eine Verbindung zwischen den Morden herzustellen und ein Motiv sichtbar wird.

Dreikönigsfeuer

Kommissar Marek stößt an Grenzen
Mareks dritter Fall / April 2016

In der Nacht zu Epiphania (hl. Drei Könige) soll in der italienischen Kleinstadt Caorle im Veneto der alte Brauch des Dreikönigsfeuers wieder aufleben. Am Strand wird ein riesiger Scheiterhaufen aufgerichtet, der nachts feierlich entzündet werden soll. Auch der pensionierte, ehemalige Hauptkommissar des Frankfurter Morddezernats, Robert Marek, der nun in Caorle lebt, seine Freundin, die Journalistin Silvana Rafaeli und sein Freund, der Carabiniere Michele Ghetti wollen daran teilnehmen. Als aus dem brennenden Scheiterhaufen ein seltsamer Geruch aufsteigt, versuchen Marek und Ghetti das Feuer zu löschen. Dabei kommt eine bereits völlig verbrannte, menschliche Gestalt zum Vorschein. Am folgenden Tag konfisziert der italienische Staatsschutz die Leiche und alle Unterlagen und entbindet die Carabinieri von diesem Fall. Wer war der Tote und warum soll dieser Mord geheim gehalten werden? Marek und Maresciallo Ghetti ermitteln trotzdem weiter.

Der Fall konfrontiert sie mit der undurchsichtigen Welt der Geheimdienste, der Korruption in weiten Teilen der Politik, der Mafia und mit den kriminellen Machenschaften hinter den Mauern des Vatikans. Dabei gerät Marek in Lebensgefahr und muss einsehen, dass er gegen die Übermacht aus Politik, Kirche und Geheimdiensten nahezu machtlos ist und kaum eine Chance hat. Er ist an Grenzen gestoßen, die stärker als alle Gesetze sind.

Der letzte Kreis der Hölle

Kommissar Marek kommt ins Grübeln
Mareks vierter Fall / Dezember 2015

Die dreijährige Tochter eines deutschen Schönheitschirurgen verschwindet scheinbar spurlos aus dem Ferienhaus der Eltern in Caorle. Nach einer groß angelegten Suchaktion geht die örtliche Polizei von einer Entführung aus. Nur, es gibt keinerlei Spuren, die auf die Beteiligung einer fremden Person schließen lassen könnten. Als sich direkt nach dem Verschwinden des Mädchens plötzlich das Bundeskriminalamt einschaltet, ist Mareks Interesse geweckt. Es beginnt ein perfides Katz- und Mausspiel zwischen den Behörden, der Polizei und den Betroffenen, dessen Ende das Vorstellungsvermögen der Ermittler weit übersteigt. Obendrein ist Marek am Grübeln, ob dieser Ort für ihn noch der richtige zum Leben ist.

Tod im Kreis
Ein Mühlheim Krimi
September 2016

Privatdetektiv Henry Pieroth erhält den Auftrag den Mörder eines Mädchens zu finden. Er ahnt nicht, dass dieser Mord erst der Anfang einer Serie von äußerst bizarren und grausamen Morden ist, welche die sonst so friedliche Kleinstadt Mühlheim am Main in Angst und Schrecken versetzt und bei der eine spätmittelalterliche Dichtung eine große und tragende Rolle spielt.

Ein äußerst spannender Mühlheim Krimi um einen besonders perfiden Fall.